뱀파이어 설록

뱀파이어 설록

정명섭 소설

2023년 11월 24일 초판 1쇄 발행

펴낸이 한철희 | **펴낸곳** 돌베개 | **등록** 1979년 8월 25일 제406-2003-000018호
주소 (10881) 경기도 파주시 회동길 77-20 (문발동)
전화 (031) 955-5020 | **팩스** (031) 955-5050
홈페이지 www.dolbegae.co.kr | **전자우편** book@dolbegae.co.kr
블로그 blog.naver.com/imdol79 | **인스타그램** @dolbegae79 | **페이스북** /dolbegae

기획 우진영
표지디자인 로컬앤드 | **본문디자인** 이연경
마케팅 심찬식 · 고운성 · 김영수 · 한광재 | **제작 · 관리** 윤국중 · 이수민 · 한누리
인쇄 · 제본 상지사 P&B

ISBN 979-11-92836-39-3 (03810)

뱀파이어 설록

정명섭 소설

Vampire
Sherlock

차
례

1888년, 영국 런던

어디선가 개 짖는 소리가 들려왔다. 프록코트 차림에 실크해트를 쓴 남자는 걸음을 멈추고 주변을 돌아봤다. 거리에 길게 늘어선 가스등에서 빛을 비추고 있었지만 런던 특유의 안개와 어둠을 이겨 내지는 못했다. 우두커니 서서 거리의 어둠에 스며들어 있던 남자는 다시 발걸음을 옮겼다. 손에 든 스틱이 땅에 닿지 않도록, 상아로 된 손잡이를 쥐고 걸었다. 며칠 전 내린 비로 흙길 곳곳엔 웅덩이가 생겼고 사람을 무서워하지 않는 쥐들이 뒹굴었다. 실크해트를 쓴 남자는 세인트 제임스 공원으로 들어섰다. 공원 입구의 기둥에 기대어 있던 부랑자가 발소리에 고개를 들었다. 그러곤 구겨진 종이를 내밀었다.

"애넷 마이어스 사건을 다룬 《브로드사이드》*Broadside*†
입니다. 1페니만 주고 가져가십시오."

하지만 실크해트를 쓴 남자는 쳐다보지도 않고 지나
치려 했다. 그러자 부랑자가 나지막하게 말했다.

"공원으로 들어가지 않았습니다."

"그럼?"

부랑자가 입을 다물자 실크해트를 쓴 남자는 코트
주머니에서 동전을 꺼내 던졌다. 동전을 받은 부랑자는
손가락으로 오른쪽을 가리켰다.

"저쪽으로 갔습니다. 화이트채플 쪽으로요."

실크해트를 쓴 남자가 고맙다는 뜻으로 살짝 고개를
까딱하고는 오른쪽으로 향했다. 남자는 이제 스틱으로
땅을 찍으면서 걸었다. 밤이 깊었지만 안개는 물러나지
않고 바닥에 낮게 깔렸다.

화이트채플은 런던 중심가에서 그리 멀지 않은 지역
이었다. 양조장과 여러 공장, 특히 가죽 공장이 많이 들
어서 있어 특유의 악취가 안개처럼 떠돌았다. 열악한 주
거 환경 때문에 주로 가난한 이들이 모여들었다. 범죄가
자주 일어나서 살인이 났다며 누군가 고함을 친다 한들

---

† 18~19세기 무렵 영국 빈민층이 즐겨 보던 사건 관련 정보지.

창문을 열고 내다보는 사람이 없을 정도였다.

실크해트를 쓴 남자는 길을 따라 걷다가 어느덧 도 심 거리에 늘어섰다 가스등조차 켜지지 않아 몹시 어두 웠다. 범죄로 악명 높은 거리답게 골목 곳곳에는 행인의 주머니를 노리는 노상강도들이 진을 치고 있었다. 그중 한 무리가 실크해트를 쓴 남자를 점찍었다. 구멍 난 바 지에 멜빵을 차고 헌팅캡을 쓴 이들이 다가오자 실크해 트를 쓴 남자는 걸음을 멈췄다. 강도 무리가 그 주변을 에워쌌다. 남자는 손에 쥐고 있던 스틱 손잡이를 살짝 돌려서 무언가를 뽑았다. 감춰져 있던 칼날이 맹렬한 빛 을 뿜어내며 정체를 드러냈다. 그 모습에 강도들이 슬금 슬금 물러났다. 실크해트를 쓴 남자는 칼날을 도로 스틱 안에 집어넣으며 다시 갈 길을 갔다.

사거리에서 잠시 고민하던 남자는 바닥에 찍힌 발자 국을 살피다가 오른쪽 골목길로 들어섰다. 안개도 빠져 나가지 못할 것 같은 좁은 골목길에 이층집이 다닥다닥 붙어 있었다. 온전한 창문은 거의 보이지 않았고, 유리 는 죄다 깨져 있었다.

어둠과 안개를 뚫고 걸어가던 남자는 드디어 뒤쫓던 여인을 찾았다. 푸른색 보닛을 쓰고 버슬 스타일의 주황 색 드레스를 입은 채 한 손에 부채를 들고 걷던 여인은 무언가에 쫓기는 듯 주변을 돌아봤다. 남자는 들키지 않으려 잠시 골목 안으로 몸을 피했다. 여인이 다시 발걸음을 옮기고 나서야 남자는 소리 나지 않게 스틱을 손에 쥔 채 뒤따랐다.

여인은 화이트채플에서도 빈민가로 손꼽히는 밀로셋 거리로 들어섰다. 실크해트를 쓴 남자의 존재를 희미하게 눈치챘는지 다시 발걸음을 멈췄다. 하지만 안개와 어둠 탓에 그를 발견하지는 못하고 머리에 쓴 보닛을 매만진 다음 다시 걸음을 옮겼다.

이윽고 여인이 길옆 자기 집으로 들어가기 위해 계단을 올랐다. 가만히 지켜보던 남자도 걸음을 재촉했다. 재빨리 도로를 가로지른 그는, 소매에서 꺼낸 열쇠로 문을 열고 들어가는 여인을 따라 순식간에 집 안으로 들어섰다. 남자는 손으로 여인의 입을 틀어막았다. 집 내부엔 창문 하나와 창가에 놓인 낡은 침대, 그리고 책상 하나와 그 옆의 난로가 전부였다. 놀란 여인이 발버둥 치자 남자가 귓가에 대고 속삭였다.

"소리 지르지 않는 게 좋을 겁니다. 홀린 재스퍼 양."

제 이름이 불리자 여인의 눈이 커졌다. 남자는 반항하는 홀린 재스퍼의 입을 한 손으로 틀어막은 채 스틱에 숨겨진 칼을 뽑았다. 새파란 칼날을 본 홀린 재스퍼의 눈빛이 급격히 차가워졌다. 그녀가 몸부림을 멈추자 남자가 다시 속삭였다.

"친친히 제 뒤로 오십시오."

예상 밖의 말에 홀린 재스퍼는 어리둥절했다. 남자가 입을 틀어막던 손을 풀고 조용히 하라는 손짓을 했다.

"밖에 나가면 경관들이 있을 겁니다. 그들에게 가서 이 집으로 오라고 하세요."

고개를 끄덕거린 홀린 재스퍼가 반쯤 열린 문으로 조심스럽게 나갔다. 낡은 경첩이 메마른 비명 소리를 냈다.

남자는 실크해트를 벗어 문가의 책상에 던져 놓았다. 그리고 천천히 스틱 속의 칼을 뽑으면서 창가의 침대 쪽으로 다가갔다. 침대 아래를 응시하던 남자가 스틱에 감춰진 칼을 완전히 뽑았다. 마침내 침대 아래에서 손이 미끄러져 나왔다. 남자는 놀랍도록 빠르게 그 손을 칼로 내리찍었다. 칼끝이 손등에 박히자 숨어 있던 괴한이 괴성을 지르며 몸을 일으켰다. 낡고 가벼운 침대가 그대로 뒤집혔다. 낡은 코트에 멜빵바지 차림을 한 괴한이 모습을 드러냈다. 푸른 눈동자가 선명하게 보였다. 괴한은 덩치가 크긴 했지만, 실크해트를 썼던 남자는 개의치 않고 칼을 휘둘러 상대의 어깨와 허벅지를 찔렀다. 순식간에 제압당한 괴한이 벽에 기댄 채 쓰러지자, 남자

13

가 실크해트를 다시 고쳐 쓰며 중얼거렸다.

"드디어 만나는군. 잭 더 리퍼."

'잭 더 리퍼'라고 불린 괴한이 숨을 헐떡이며 물었다.

"경관은 아닌 거 같은데?"

"부탁을 받았지. 빅토리아 여왕 폐하께 말이야."

바깥에서 발걸음 소리가 들려오자 실크해트를 쓴 남자가 말했다.

"이제 더는 살인을 저지르지 못할 거야. 교수대에 매달리기 전에, 지은 죄를 뉘우치라고."

그 얘기를 들은 잭 더 리퍼가 희미하게 웃었다.

"나는 잡히지 않아. 죽지도 않을 거고."

그러고는 서서히 몸을 일으켰다. 실크해트를 쓴 남자가 상대의 아랫배를 칼로 찌르려 했지만 순간적으로 칼을 낚아챈 잭 더 리퍼는 단숨에 그걸 구부러뜨렸다.

"뭐야!"

실크해트를 쓴 남자가 놀라서 외치자, 창가로 간 잭 더 리퍼가 대꾸했다.

"힘이지."

잭 더 리퍼는 창문으로 빠져나가려고 했다. 실크해트를 쓴 남자가 다급하게 다가가 어깨를 붙잡았다. 하지만 잭 더 리퍼는 가볍게 남자의 손을 낚아챈 다음, 그를

14

문가로 던져 버렸다. 때마침 들어오려던 경관들이 실크해트를 쓴 남자와 뒤엉키고 말았다.

"다음에 보자고, 신사 나리!"

유리창을 깬 잭 더 리퍼는 마지막 흰미디를 남기고 어둠과 안개 속으로 사라졌다. 쓰러져 있던 경관 하나가 일어나며 호루라기를 불었다. 곧 사방에 잠복해 있던 경관들이 모습을 드러냈다. 옆으로 굴러간 실크해트를 도로 쓰며 남자가 일어나자, 호루라기를 불었던 경관이 물었다.

"괜찮으십니까, 홈스 씨?"

'홈스'라고 불린 남자는 구겨진 프록코트의 소매를 매만지면서 대답했다.

"괜찮네. 레스트레이드 경감은?"

"잭 더 리퍼를 쫓고 있습니다."

"어깨랑 허벅지를 찔렸으니 멀리 도망가진 못했을 거야. 서두르게."

"알겠습니다."

경관이 창가 아래 휘어진 칼을 잠시 바라보다가 서둘러 밖으로 나갔다. 홀로 남은 홈스는 깨진 창문 쪽으로 다가갔다.

"놀랍군. 사람이라면 불가능한데."

문득 프록코트의 왼쪽 소매를 타고 피가 주르륵 흘러내리는 게 느껴졌다. 소매를 걷어 올리니, 손목을 이에 물린 상처가 확연했다.

"아까 어깨를 잡다가 물린 모양이군."

그런데 자세히 보니 사람 치아 자국이 아니었다. 송곳니 두 개. 한참을 바라보던 홈스는 문가에서 나는 소리에 서둘러 소매를 내렸다. 문을 열고 들어선 사람은 스코틀랜드 야드 소속의 레스트레이드 경감으로, 홈스와 그 조수인 왓슨이 '불도그'라고 부르는 인물이었다. 위가 둥근 볼러를 쓰고 폴로 코트를 입은 경감이 홈스에게 물었다.

"놈이 종적을 감췄습니다."

"젠장, 상처를 입었는데 어떻게 그렇게 빨리 도망친 걸까?"

홈스가 이해할 수 없다는 표정으로 중얼거리자, 레스트레이드 경감이 볼로를 벗고 이마의 땀을 닦으며 대답했다.

"마치 원숭이처럼 지붕으로 올라가더니 자취를 감췄습니다. 피 흘린 흔적이 있어 추적하고는 있지만 워낙 빨라서 말이죠."

"그래도 정체를 알았으니 지명 수배를 하고 천천히

찾도록 합시다."

"알겠습니다. 그럼."

볼로를 도로 쓴 레스트레이드 경감이 밖으로 사라졌다. 혼자 남은 홈스는 다시 부서진 창문을 바라봤다. 그러곤 점점 욱신거리는 왼쪽 손목을 오른손으로 움켜쥔 채 중얼거렸다.

"다음에는 놓치지 않겠어. 잭 더 리퍼."

현재, 대한민국 유림시

1.

한쪽 어깨에 가방을 둘러멘 세희와 혜리가 소식을 듣고 2학년 4반 교실로 갔을 때, 용의자 성희가 외치고 있었다.

"내가 아니라고!"

하지만 주위를 둘러싼 친구들의 눈빛은 싸늘했다. 몇몇 남자애는 팔짱을 낀 채 앞문과 뒷문 쪽에 서 있었다. 혹시나 성희가 도망칠까 봐 그런 모양이었다. 세희와 혜리가 문을 열고 들어서자 둘을 막으려던 남자애들이 깜짝 놀랐다.

"선배! 여긴 어쩐 일로……."

남자애 하나가 묻자 혜리가 쏘아봤다.

"너희가 친구 괴롭힌다고 해서 와 봤어."

초등학생 때 태권도를, 중학생 때 복싱을, 그리고 고등학생이 돼서는 주짓수를 배운 혜리는 웬만한 남자애는 어렵지 않게 때려눕힌다는 소문이 돌 만큼 대거리에 일가견이 있었다. 혜리와는 대조적으로 가지런한 단발머리에 동그란 안경을 쓴 세희가 그나마 학교에서 괴롭힘당하지 않는 건 혜리와 둘도 없는 절친이라는 점이 큰 이유였다. 장래 희망이 탐정인 괴짜이자 아웃사이더 세희가 활동적인 혜리와 가까워진 데는 여러 사연이 있었다. 초등학교 때 짝꿍이기도 했고, 중학생 땐 혜리가 휘말린 다툼에 세희가 나서서 옹호해 준 적도 있다. 하지만 결정적으로는 둘 다 미스터리를 좋아하기 때문이었다. 둘은 셜록 홈스의 마니아, '셜로키언'을 자처했다. 서로 '대한민국 유림시 유림고등학교 셜로키언 지회의 회장과 부회장'이라고 부를 정도였다.

이런 사실을 익히 아는 2학년 애들은 주춤거렸다. 하지만 사건 주동자인 반장 혜나는 물러서지 않았다.

"아무리 선배여도 그렇지 이렇게 불쑥 남의 반에 들어오면 어떡해요?"

인상부터 쓰는 혜리를 붙잡고서 세희가 말했다.

"이 학교가 네 건 아니잖아. 그러니까 소유권을 주장하는 건 잘못된 얘기야."

'논리왕'이라는 별명답게 단칼에 상대의 주장을 잘라 낸 세희가 혜나 앞에 다가가 팔짱을 꼈다. 세희도 세히지만 그보나는 뒤에 있던 헤리에게 더 겁이 난 혜나는 한 걸음 물러나며 말했다.

"어쨌든 우리 반 일이에요."

"학교에서 벌어지는 왕따와 누명이 어떻게 너희 반만의 문제일 수 있겠어? 그것도 잘못된 얘기야."

"이게 왜 왕따랑 누명이에요. 성희는 거짓말을 몇 번이나 했다고요."

"먼젓번에 거짓말한 건 참고 사항이 될 순 있어도 이번 사건 범인으로 몰아갈 절대적인 이유가 되진 않지. 그리고 아직 일이 벌어지지도 않았잖아. 교실에 불 지르겠다는 협박장이 온 게 전부인데 말이야."

며칠 전 혜리는 놀라운 이야기를 들었다. 2학년 4반 교실로 언젠가 불을 질러 버리겠다는 협박장이 왔다는 것이다. 담임 선생님에겐 말씀드리지 않고 반장인 혜나를 중심으로 조용히 범인을 찾고 있다고 했다. 세희는 팔짱을 낀 채 혜나와 교실에 남은 아이들을 하나씩 쏘아봤다.

"사건은 일주일 전, 교실 쓰레기통에서 편지 한 통이 발견되며 시작됐어. 내용은 교실에 불을 질러 버리겠다는 것이고. 맞아?"

세희의 물음에 혜나가 고개를 끄덕였다.

"네. 일단, 교실 쓰레기통은 점심시간에 비웠어요. 그 뒤에는 우리가 교실에 쭉 있었고요."

"그러니까 범인은 4반 애들 중 하나란 말이지?"

"확실해요. 사실 이전에도 누가 책상을 칼로 긋거나 교실 문에 이상한 걸 발라 두는 일이 있었거든요. 그래서 이번에는 그냥 넘어가지 않고 범인을 찾기로 한 거예요."

"너희 반 애들은 스물네 명인데, 그중에서 왜 하필 성희를 범인으로 지목한 거야?"

주저하던 혜나가 대답했다.

"반 전체에 쪽지를 돌려 물어봤어요. 범인이 누구 같냐고요."

"맙소사! 추리를 해야지 설문 조사로 범인을 찾아?"

세희가 어이없다는 표정을 짓고는 혜나에게 물었다.

"편지는?"

"여기요."

혜나는 주머니에서 진공 팩에 넣은 편지를 꺼냈다. 편지를 건네받은 세희가 말했다.

"만진 사람은?"

"처음 편지를 발견한 상욱이랑 저요. 다른 애들은 손 못 대게 하고 바로 진공 팩에 넣었어요."

"그럼 이 편지에는 범인이랑 너희 둘 지문이 남아 있겠네?"

"아마도요."

대답을 들은 세희는 메고 있던 가방을 책상 위에 던졌다.

"지문 감식을 하면 범인을 찾을 수 있겠어."

"지문 감식이요?"

"응, 간단해."

세희는 어리둥절해하는 아이들이 보는 가운데 가방에서 장비들을 꺼냈다. 플라스틱으로 된 반찬 통과 손가락 굵기의 플라스틱 파이프, 작은 은박 접시를 내놓은 세희가 혜리에게 물었다.

"가져왔어?"

"응, 챙겨 왔지."

혜리가 웃으며 대답하고는 가방에서 강력 접착제를 꺼내 흔들어 보였다.

"그럼 시작할까?"

플라스틱 반찬 통에 문제의 협박장을 넣은 세희는 뚜껑을 단단히 닫은 다음 책상 위에 올려 놨다. 그리고 반찬 통 옆에 난 구멍에 플라스틱 파이프를 끼운 뒤, 구부러진 파이프의 반대쪽엔 깔대기 같은 걸 꽂았다. 그 사이 혜리는 은박 접시에 강력 접착제를 붓고 권총 모양 라이터를 꺼냈다.

"준비 완료."

혜리의 말을 들은 세희는 가방에서 투명 필름을 꺼내 성희를 비롯한 아이들에게 나눠 줬다.

"거기에 엄지랑 검지 지문 찍어."

"우리가 왜요?"

혜나의 반문에 세희가 노려봤다.

"범인 찾으려고 이 난리를 치면서 지문 하나 못 찍어? 앞뒤가 다르네."

"다 같이 용의자 취급받아서 기분 나쁘다는 뜻이에요."

"네가 얘기했잖아. 반 아이들 중에 범인이 있다고."

"그게 아니라……."

"원래 현장에서 얼쩡거리는 사람, 범인 찾아야 한다고 목소리 높이는 사람이 용의자인 경우가 많지."

혜나의 입을 다물게 한 세희는 가방에서 집게를 꺼내 은박 접시를 잡았다. 혜리가 권총 모양 라이터를 켜서 접시 아래에 갖다 댔다. 액체로 된 강력 접착제에서 희뿌연 연기가 피어올라 깔때기를 통해 협박장이 든 플라스틱 반찬 통 안에 흘러 들어갔다. 그걸 본 혜나가 세희에게 물었다.

"이게 뭐예요, 선배?"

"강력 접착제랑 지문 감식에 쓰는 용액이랑 성분이 비슷해. 다만 분무기 같은 걸로 뿌릴 수가 없으니까 저렇게 밀폐된 통에 넣고 기화시켜서 확인하는 거지."

세희기 설명하는 동안 통 안은 기화된 접착제로 뿌옇게 변했다. 그 모습을 뚫어지게 바라보던 혜리가 소리쳤다.

"지문이 보여!"

혜리 말대로 협박장 여기저기에 지문들이 드러났다. 신중하게 들여다보던 세희가 플라스틱 파이프를 뽑은 다음, 뚜껑을 열고 협박장을 집게로 집었다. 그러곤 진공 팩에 넣고서 혜나의 눈앞에 흔들어 보였다.

"너랑 상욱이 지문은 묻어 있다고 했지? 그러니까 두 사람 것이 아닌 지문의 주인이 범인이야. 일단 성희 지문이랑 비교해 볼까?"

성희의 지문이 찍힌 투명 필름을 건네받은 세희가 돋보기로 협박장과 투명 필름에 묻은 지문을 각각 살펴봤다. 그러고는 돋보기에서 눈을 떼며 말했다.

"달라. 성희 지문은 활처럼 위로 굽어 있는 궁상문릐狀紋인데, 편지에는 궁상문 지문이 없어."

당황한 혜나가 물었다.

"성희 지문이 아니라고요?"

"똑똑히 봐. 말굽처럼 생긴 제상문蹄狀紋이랑 소용돌이 모양인 와상문渦狀紋밖에 없어. 그러니까 성희를 범인으로 모는 짓은 하지 마."

"그럼 누가……?"

말을 잇지 못하는 혜나를 노려보며 세희가 혀를 찼다.

"그건 네가 찾아야지."

"제가요?"

"그래, 엉뚱한 애를 범인으로 몰았으면서 정작 증거가 보이니까 왜 발을 빼는데?"

"그게 아니라……."

"셜록 홈스는 범인까지 찾아 주지만, 우린 너희가 괘씸해서 그렇게 해 주지 않을 거야. 그러니까 다시 설문조사를 해서 범인을 골라 보든지."

얘기를 마친 세희는 혜리와 함께 장비를 챙겨 가방에 넣었다. 그러곤 아직도 오들오들 떨고 있는 성희에게 말했다.

"집에 안 가?"

놀란 성희가 고맙다는 말을 남기고 후다닥 교실을 빠져나갔다. 뒷문으로 나가려던 세희는 편지를 발견했다는 남상욱에게 말했다.

"누가 범인일까?"

"그, 그러게요."

떨떠름하게 대답하는 남상욱에게 세희가 씩 웃어 보였다. 뒤따라 나온 혜리가 세희와 하이파이브를 했다.

2.

　유림시 변두리의 인공 호수 근처 '문 차일드' 카페에서는 커피 클래스가 한창이었다. 카페를 개업하거나 커피를 업으로 삼으려는 게 아니라 취미 삼아 배우는 모임이어서 분위기는 느슨한 편이었다. 앞주머니에 노란색 조각날이 새겨진 앞치마를 입은 카페 사장 한윤석은 머신 앞에 서서 수강생들을 살펴봤다. 은퇴한 공무원부터 이십 대 대학생까지 연령대가 다양했다. 나란히 서서 잡담을 하던 그들의 시선이 한데 모인 것을 확인한 한윤석이 가볍게 헛기침을 했다.

　사십 대 초반의 한윤석은 키가 크고 마른 체격으로 서울에서 카페를 하다가 얼마 전 신도시로 조성된 유림시에 내려와 이 카페를 열었다. 바리스타 일에 엄청난

자부심이 있는 데다 손수 내리는 커피 맛도 뛰어나서, 문 차일드 카페는 교통이 불편한 외곽에 있음에도 늘 손님들로 가득했다. 커피 클래스 역시 항상 수강생이 꽉 찼다. 이번 취미반도 마찬가지였다. 한윤석은 자기 시간을 쪼개 가며 성실히 가르쳤다.

"자, 이게 머신입니다. 커피를 만드는 데 가장 중요한 도구고, 바리스타라면 반드시 이 머신과 친해져야 하죠."

흠집 하나 없이 깨끗하게 관리된 2구짜리 이탈리아제 머신을 손으로 어루만지며 한윤석이 머신에 대해 강의했다.

단층 건물이긴 해도 층고가 높고 통유리창이 많은 문 차일드 카페는 햇살로 가득했다. 머신에 대한 설명을 마친 한윤석은 옆 테이블로 향했다. 커피를 만드는 데 쓰이는 도구들이 수건 위에 가지런히 놓여 있었다. 한윤석이 가장 먼저 집어 든 것은 온도계였다. 굵은 시곗바늘 같은 부분과 위쪽에 온도를 볼 수 있는 동그란 유리가 붙어 있는 온도계를 손가락에 끼우며 그가 말했다.

"이건 피처에 우유를 데울 때 보는 온도계입니다. 요즘은 피처에 온도계가 아예 붙어 나오는 경우도 있죠."

그렇게 말하며 한윤석은 피처 안에 온도계를 집어넣

었다. 금속끼리 부딪치는 경쾌한 소리가 카페 안에 울려 퍼졌다. 온도계를 꺼낸 한윤석이 피처 바닥을 손가락으로 두드렸다.

"하지만 저는 비늘 대신 손끝을 믿으라고 말씀드리고 싶습니다. 사실 우유는 데워질 때 온도가 갑자기 높아지기 때문에, 온도계를 보고 스팀을 멈추면 늦습니다."

단정한 머리를 하고 넥타이를 맨 젊은 남자가 손을 들고 물었다.

"그럼 아예 온도계를 보지 말란 말씀이신가요?"

"아! 온도계만 믿진 말라는 뜻입니다. 스팀을 낼 때 손끝으로 피처를 두드리면서 온도를 느껴야 합니다. 그리고 온도가 적당하다는 느낌이 왔을 때 스팀을 꺼야 합니다. 연습이 많이 필요하지만, 익숙해지면 이 방식이 훨씬 더 편할 겁니다."

설명을 마치고 온도계를 내려놓은 한윤석이 옆에 있던 스패출러를 집었다. 스패출러의 나무 손잡이를 잡은 그가 알루미늄으로 된 긴 주걱 부분을 피처에 쳤다. 종소리 같은 소리가 연달아 울리고, 설명이 이어졌다.

"이 스패출러는 피처에 낸 밀크 폼을 컵에 따르는 역할을 합니다. 라테와 모카 그리고 카푸치노는 밀크 폼이

라고 부르는 우유 거품이 굉장히 중요하다고 제가 말씀
드렸죠?"

수강생들이 고개를 끄덕이자 한윤석이 옆에 있던 우
유를 피처에 따르고 온도세글 꽂은 나음, 머신 앞으로
갔다. 그리고 노즐을 당겨 우유가 든 피처 안에 대고 다
이얼을 돌렸다. 치익 하는 소리가 들리면서 우유가 데워
지기 시작했다. 온도계 바늘을 들여다보며 손끝으로 피
처 바닥을 두드리던 한윤석이 다이얼을 돌려 스팀을 껐
다. 곧이어 스패출러로 거품 윗부분을 걷어 낸 다음, 피
처에 담긴 우유를 컵에 따랐다.

"거품이 없는 고운 밀크 폼입니다. 라테, 또 특히 카
푸치노에는 이런 거품이 올라가야 합니다. 이게 바닥에
깔린 에스프레소와 섞이면서 고소한 풍미와 맛을 만들
어 내기 때문이죠."

수강생들은 작은 거품 하나 보이지 않는 잔 속 우유
를 바라보며 서로 감탄사를 주고받았다. 그 모습에 한윤
석이 활짝 웃었다.

"자, 실습이 가장 중요하니까 돌아가면서 밀크 폼을
만들어 보겠습니다. 그리고 각자 만든 커피를 직접 마셔
보는 걸로 이번 시간을 마치겠습니다. 테이블에 쿠키가
준비돼 있으니 같이 드시면 되겠네요. 누가 먼저 도전하

시겠습니까?"

한윤석의 말이 끝나자마자 갈색으로 염색한 포니테일 머리의 대학생이 손을 들었다.

"저요!"

"역시 우리 발 빠른 유진 씨가 처음 도전하시는군요. 이쪽으로 오세요."

유진이 들뜬 표정으로 머신 앞으로 다가갔다.

*

수강생들은 저마다 손수 만든 커피를 마시며 이야기를 나눴다. 아까 질문을 했던 넥타이를 맨 젊은 남자가 한윤석에게 말했다.

"문 차일드 카페가 문을 열고 나서 유림시 커피 수준이 확 올라갔어요."

다들 고개를 끄덕거리면서 맞장구치자 한윤석이 웃으며 손사래를 쳤다.

"남들이 들으면 진짜인 줄 알아요."

"진짜죠. 문 차일드 들어오고 나서 주변에 대충 하던 카페들은 속속 문을 닫잖아요."

맨 처음 실습했던 대학생 유진의 말에 다들 또 맞장

구를 쳤다. 뿔테 안경을 쓴 남자도 거들었다.

"민원인들에게 시달릴 때마다 여기 와서 커피 마실 생각으로 버티고 있죠. 사장님, 오래오래 하셔야 합니다."

시청 민원실에서 일하는 안경 쓴 남자가 한숨을 푹 쉬었다.

"민원인들 상대하다 보면 십 년은 빨리 늙는 거 같다니까요."

그러면서 화제는 잠시 유림시 행정으로 넘어갔다. 질문 공세를 받던 뿔테 안경의 공무원이 또다시 한숨을 내쉬며 말했다.

"그나저나 요즘 좀 이상한 일이 벌어지고 있어요."

"무슨 일이요?"

맞은편에 앉은 사십 대 수강생의 물음에, 뿔테 안경을 쓴 공무원이 난처한 얼굴로 대답했다.

"중앙공원 노숙인들이 사라졌어요. 거기서 놀던 가출 청소년 아이들 몇 명도 종적을 감췄고요."

뜻밖의 이야기에 다들 서로를 바라보며 술렁거렸다. 대학생 유진이 커피 잔을 내려놓으며 물었다.

"좋은 거 아니에요? 공원을 찾는 시민들이 그 사람들을 피해 다닌다고 들었는데요."

유진의 얘기에 사십 대 수강생도 맞장구쳤다.

"맞아. 시청에 민원을 넣어도 들은 척도 안 했는데 말이야."

"듣기는 하죠. 하지만 강세로 쫓아낼 순 없는 상황이라서요."

"가출 청소년들이 거기 모여 밤마다 담배 피우고 술 마시는 거 아니야?"

"맞아요. 가출 팸이라고 자기들끼리 모여서 범죄를 저지르는 경우도 있죠. 하지만 모든 청소년이 나쁜 짓을 하려 모여든 건 아니에요."

뿔테 안경을 쓴 공무원의 말에 분위기가 어색하게 흐르자 한윤석이 끼어들었다.

"그동안 그 일로도 민원을 많이 받으셨을 텐데 편해지신 거 아닌가요?"

뿔테 안경을 쓴 공무원이 대답했다.

"보기에 따라서는 그렇죠. 그런데 사실 중앙공원 쪽 노숙인들은 대부분 유림역에서 밀려난 사람들이에요. 여길 떠나면 진짜 갈 곳 없는 신세거든요. 가출 청소년들도 마찬가지고요."

이야기가 무거워지자 한윤석이 나서서 최근 유림문화센터에서 공연한 연극으로 화제를 돌렸다. 다들 연극 얘기에 열중하고 있는 와중에 유진이 조용히 자리에서 일어났다. 그러곤 한 손으로 휴대폰을 흔들며 바깥에서 통화를 좀 하고 오겠다는 표시를 했다.

밖으로 나온 유진은 휴대폰을 귀에 대고 천천히 뒤뜰로 향했다. 테이블과 접이식 의자가 군데군데 놓인 잔디밭을 지나자 지하로 내려가는 계단이 보였다. 그 앞에서 멈춘 유진이 통화 버튼을 눌렀다.

ㅡ뒤로 왔더니 민세 씨 말대로 지하로 내려가는 계단이 보여.

ㅡ거기서 로스팅을 하는 게 분명해. 내려가서 뭐가 있는지 봐 봐.

ㅡ주거 침입죄로 걸리는 거 아니야?

ㅡ지금 그런 거 따질 때가 아냐. 그 카페 때문에 손님 없는 게 몇 달 째인지 너도 알잖아.

ㅡ그렇긴 한데…….

ㅡ이러다가는 이번 달 월세도 못 내게 생겼어. 제발 나 좀 도와줘.

휴대폰으로 들려오는 절박한 목소리에 유진은 잠시 고민하다가 고개를 끄덕였다.

—내려가 볼게.

—분명 거기서 로스팅을 할 거야. 기계가 뭔지 꼭 찍어야 해.

알겠다고 대답한 유진은 조심스럽게 계단을 밟았다. 좁고 가파른 계단을 내려간 유진은 붉은 흙이 깔린 바닥을 살금살금 지나 왼쪽 벽의 문고리를 조심스럽게 돌렸다. 잠겨 있을 줄 알았지만 의외로 쉽게 열렸다. 고개를 들이밀고 안쪽을 살펴보던 유진이 중얼거렸다.

"너무 어두워."

휴대폰 조명을 켜서 안쪽을 살폈다. 하지만 아무것도 보이지 않았다.

"저 안에 있나?"

발밑을 비춘 유진은 조심스럽게 안쪽으로 들어갔다.

"왜 이렇게 춥지? 에어컨 틀어 놨나?"

입김이 나올 정도로 추운 지하에 들어선 유진은 조명을 켠 휴대폰으로 이곳저곳을 비췄다. 하지만 로스팅 기계가 있을 거라는 추측과는 달리 아무것도 없었다.

"여긴 아닌가 봐."

깊이를 알 수 없는 어둠 앞에서 혼잣말을 한 유진은 천천히 돌아섰다. 그렇게 반쯤 열린 문으로 걸어가는데, 갑자기 이상한 소리가 들렸다. 어깨를 움츠린 유진은 소

38

리가 난 쪽을 바라봤다.

"무, 무슨 소리지?"

떨리는 손으로 조명이 켜진 휴대폰을 갖다 댔다. 눈앞에 예상 밖의 광경이 펼쳐졌다. 충격에 빠진 유진은 있는 힘껏 비명을 지르려 했지만, 스물스물 밀려오는 공포와 어둠이 그 입을 틀어막았다.

"으악!"

가느다란 비명 소리가 짙은 어둠에 삼켜졌다.

3.

난간을 잡은 세희는 물끄러미 하늘을 바라봤다. 구름 한 점 없는 푸른 하늘을 보고 있으니 답답했던 가슴이 조금 시원해지는 느낌이었다. 한숨을 쉬며 옆으로 눈길을 돌리는데, 혜리가 휴대폰을 들여다보고 있었다.

"뭐 봐?"

"기사. 아이돌 그룹 아이언 피스트의 멤버 다니엘이 음주 운전을 했다잖아."

"사고 났다며?"

"편의점을 들이받았는데 다행히 다친 사람은 없대."

"다음 달에 콘서트 어떡해?"

혜리가 귀밑머리를 넘기며 대답했다.

"지금 그게 문제야? 사람들이 다칠 뻔했는데."

"다니엘 엄청 좋아하는 줄 알았는데?"

"착하고 순수해 보여서 그랬지. 술 마시고 음주 운전하는데 어떻게 좋아해."

발끈하는 혜리의 말에 세희는 입을 다물었다.

현실은 답답했다. 세희는 아까부터 학원에 가라는 엄마의 연락을 무시하는 중이었다. 혜리 역시 무언가 문제가 생겼는지 줄곧 입을 삐죽 내밀고 있었다. 그래서 세희는 수업에 빠지고 혜리와 둘이서 '베이커가 221번지'라고 부르는 강당 옥상으로 올라왔다.

머리를 쓸어 넘긴 세희는 난간에 기댄 채 본관을 응시했다. 지켜보던 혜리가 물었다.

"눈으로 레이저 쏘는 거야? 학교 무너지게?"

세희는 지금 어디냐고 묻는 엄마의 열다섯 번째 메시지를 힐끔 보고는 심드렁하게 대꾸했다.

"레이저 광선 정도로는 안 무너지지."

"그러게. 그나저나 새로 온 원어민 선생님 알지?"

혜리의 물음에 잠시 기억을 더듬던 세희가 대답했다.

"이름이 마이클 햄록이었나? 영국에서 왔다고 했지?"

혜리가 고개를 절레절레 저었다.

"맞아. 발음도 못 알아듣겠고, 너무 능글맞아."

"뭐라고 했는데?"

"딱히 뭐라고 한 건 아닌데, 좀 신경 쓰여. 마치 내 속을 들여다보는 것 같아서."

"눈치가 빠른가?"

세희의 물음에 혜리가 고개를 끄덕였다.

"나도 느낀 적 있어."

"언제?"

세희가 앞머리를 슬쩍 넘기며 대답했다.

"지난번 수업 때 나보고 셜로키언이냐고 묻더라."

"어떻게 안 거야?"

"어렵진 않지. 수첩부터 필통까지 전부 셜록 홈스니까. 그런데 진짜 기분 나쁜 건……."

엄마한테서 온 열여섯 번째 메시지를 보느라 잠깐 뜸을 들인 세희가 다시 입을 열었다.

"나보고 그런 바보짓 그만하라고 하는 거야, 글쎄."

"뭐? 무슨 자격으로?"

"코넌 도일이 쓴 걸 믿지 말라나? 그래서 내가 어차피 실존 인물도 아닌데 무슨 상관이냐고 따졌거든."

"그랬더니?"

혜리가 호기심 어린 눈을 빛내며 물어보자, 순간적으로 세희가 코끝을 찡그리며 답했다.

"확인되지 않은 사실을 무조건 믿지 말라고 했어."

"무슨 말을 그렇게 해? 솔직히 네가 학교에서 벌어진 크고 작은 사건들을 제법 해결했잖아."

혜리의 칭찬에 세희가 어깨를 으쓱거렸다.

"네 도움 넉분이지."

"어쨌든. 그래서 네 별명이 탐정이잖아. 그런데 그 아저씨는 알지도 못하면서 웬 참견이야?"

혜리의 얘기를 들으면서도 세희는 마음속 의문을 지울 수 없었다.

"그냥 하는 소리는 아닌 것 같았어."

"아무튼, 요즘 이상한 사람이 점점 많아지는 거 같아. 이러다가 좀비나 외계인도 나타나는 거 아닌지 몰라."

혜리의 말에 세희는 모처럼 크게 웃었다. 그 모습에 혜리가 조심스럽게 물었다.

"요즘 무슨 일 있어?"

"없어."

"너, 보통은 곰곰이 생각하면서 말하지만…… 무슨 일이 있으면 오히려 딱 잘라 말하더라."

뜨끔한 세희가 태연한 듯 억지로 웃어 보였다.

"제법이네, 김혜리."

"그럼! 내 별명이 괜히 왓슨이겠어? 어쨌든 힘들고 어려운 일 있으면 주저 말고 얘기해."

든든한 혜리의 말에 세희는 고맙다는 인사를 건네고 휴대폰을 바라봤다. 대체 어디 있느냐는 엄마의 열일곱 번째 메시지에 어떻게 답을 남길까 고민하는 와중에, 갑자기 제 휴대폰을 본 혜리가 벌떡 일어났다. 그러곤 허겁지겁 가방을 챙겨 계단으로 내려갔다. 놀란 세희도 서둘러 따라 내려가며 물었다.

"무슨 일이야?"

하지만 혜리는 가방을 멘 채 교문으로 정신없이 달려갈 뿐이었다. 뒤따라가던 세희는 문득 고개를 돌려 학교 본관을 다시 바라봤다. '유림고등학교'라는 이름이 박힌 본관은 무너지지 않고 건재했다.

*

빠른 걸음으로 교문을 빠져나가는 혜리의 뒷모습을 보며 세희가 힘껏 소리쳤다.

"같이 가!"

혜리는 들리지 않는지 내쳐 달렸다. 다행히 학교 앞 횡단보도가 정지 신호여서 곧 따라잡을 수 있었다. 세희가 살짝 숨을 헐떡이며 혜리의 어깨를 툭 쳤다.

"야! 김혜리!"

혜리가 고개를 돌렸다. 그 순간, 화를 내려던 세희는 깜짝 놀랐다. 너무도 힘이 없는 표정이었기 때문이다.

"너, 무슨 일이야?"

"외사촌 언니가 사고 났나 봐……. 교통사고."

"그 대학생 언니?"

혜리가 고개를 끄덕거렸다. 때마침 신호가 바뀌면서 둘은 나란히 횡단보도를 건넜다. 침울한 표정의 혜리에게 세희가 말을 건넸다.

"유진…… 언니였나? 너한테 잘 대해 주던……."

"맞아. 너무 속상해."

울상이 된 혜리를 세희가 위로했다.

"괜찮을 거야."

"지금 병원으로 가려고."

"같이 가자."

"진짜?"

혜리가 되묻자 세희가 고개를 끄덕였다.

"유진 언니가 나한테도 잘해 줬잖아."

"외숙모가 너무 충격받으셔서 우리 엄마가 먼저 병원에 가셨어."

"충격이 크시겠지……."

둘은 얘기를 주고받으면서 병원으로 향했다. 대화에

열중하느라 뒤에서 '눈치 빠른 영국인' 햄록 선생님이
듣고 있다는 사실을 전혀 눈치채지 못했다.

4.

세희와 혜리는 구급차 사이렌 소리가 울리는 응급실을 지나서 병원 본관에 들어갔다. 병실은 20층이었다. 엄마가 일러준 대로 2029호실을 찾은 혜리가 침대 옆에 앉아 있는 두 사람을 보고 외쳤다.

"엄마! 외숙모!"

눈가가 젖은 채 나란히 앉아 있던 두 사람이 혜리를 돌아보고는 울음을 터뜨렸다.

"아이고, 혜리야……."

혜리도 참았던 눈물을 쏟았고, 지켜보던 세희 역시 울음을 참지 못했다. 머리를 붕대로 감싼 유진은 산소 호흡기를 쓴 채 의식 없이 침대에 누워 있었다. 한바탕 눈물을 쏟은 혜리가 외숙모에게 물었다.

"어쩌다 사고가 난 거예요?"

"유림호수 순환 도로에서 차에 치였대. 전망대 있는 곳……."

유진을 이리저리 살펴보던 세희가 그 얘기를 듣고는 고개를 갸웃거렸다.

"전망대 쪽이면 2차선 도로잖아요. 자전거 타거나 산책하는 사람이 많아서 차가 빨리 달리지 않는 곳인데요?"

세희의 얘기를 들은 외숙모가 큰 한숨을 털어 냈다.

"그러게 말이다. 우리 유진이는 겁이 많아서 무단 횡단 같은 건 절대 안 하는데……."

"그쪽은 무슨 일로 갔던 거예요?"

"남자 친구 카페에 간다며 나갔다가 일이 벌어졌지 뭐냐."

"유진 언니 남자 친구 있어요?"

"응. 이름이 이민세라고, 사실 썩 마음에 들진 않았어."

외숙모 얘기에 혜리의 엄마도 맞장구를 쳤다.

"카페를 한다고 말은 그럴듯하게 하는데, 영 미덥지가 않아서 말이야."

두 사람 얘기를 듣고 난 세희가 혜리에게 물었다.

"그 카페가 어디야?"

"'오디세이'라고, 중앙공원 쪽에 있어."

"거기랑 전망대는 좀 떨어져 있지 않아?"

"그러게."

이상하다면서 세희가 혼잣말을 하는 그때였다. 갑자기 병실 문이 열리더니, 갈색 점퍼 차림에 짧은 머리를 한 젊은 남자와 문 차일드 카페 사장 한윤석이 같이 들어섰다. 젊은 남자는 옆구리에 종이 쇼핑백을 끼고 있었다. 모자를 벗은 한윤석이 혜리의 엄마와 외숙모에게 고개를 숙였다.

"문 차일드 카페 대표 한윤석이라고 합니다. 따님이 사고를 당한 것에 심심한 위로를 드립니다."

혜리의 엄마가 어리둥절한 표정으로 외숙모를 바라봤다.

"남자 친구 카페 갔었다며?"

"나한테는 그렇게 얘기하고 나갔어."

서로 얘기를 주고받는 두 사람을 지켜보던 세희가 한윤석에게 물었다.

"유진 언니가 문 차일드 카페에 있다가 사고를 당한 건가요?"

"그게……."

49

주저하던 한윤석이 땅이 꺼져라 한숨을 내쉬었다.

"저희 카페에서 진행하는 커피 클래스를 듣고 있었어요. 그러다 갑자기 자리를 비우고 사라져서 전화를 걸었는데, 계속 안 받아 경찰에 신고한 거예요."

세희를 비롯해 병실 안 사람들의 시선은 자연스럽게 한윤석 옆에 있던 갈색 점퍼를 입은 남자에게 향했다. 그 남자가 경찰 신분증을 보여 주며 입을 열었다.

"김남규 형사입니다. 신고를 받고 경위를 파악하려는 찰나, 마침 근처를 지나던 저희 순찰차로부터 장유진 씨의 사고 소식을 접했습니다."

말을 마친 김남규 형사가 쇼핑백을 건넸다.

"현장에서 발견된 장유진 씨의 신발입니다. 구급대원이 수습한 겁니다."

종이 쇼핑백을 건네받은 혜리의 외숙모가 안에 든 신발을 꺼냈다. 하얀색 운동화 앞코에 붉은색 흙이 묻어 있었다. 그 순간 외숙모가 부들부들 떨었다. 세희는 방금 전 대화를 생각하면서 중얼거렸다.

"왜 남자 친구 카페에 간다고 하고 다른 카페에 간 걸까?"

세희의 혼잣말을 들은 한윤석이 떨떠름한 표정으로 입을 뗐다.

"실은 그게…… 오디세이 카페 사장이 제 카페 때문에 장사가 안 된다고 생각해서 여자 친구를 보낸 것 같아요……. 비법을 알아내려고."

"네? 무슨 비법을요?"

한윤석은 얼굴을 살짝 찡그리며 대답했다.

"커피 만드는 비법이죠. 사실 뭐 특별할 건 없는데, 장사가 워낙 안 되니까 그런 게 있다고 생각했나 봅니다."

설명을 들은 세희가 이해가 잘 안 간다는 표정으로 중얼거렸다.

"커피 만드는 비법을 알아내려고 갔다고……?"

그 소리를 들은 한윤석이 손사래를 쳤다.

"아니에요. 비법 같은 건 따로 없어요. 좋은 원두를 골라 신경 써서 로스팅하고, 블렌딩을 잘하는 게 전부예요."

"염탐하러 온 줄은 어떻게 아셨는데요?"

"유진 씨가 오디세이 카페 사장 여자 친구라고 누가 살짝 알려 줬어요."

"그럼 알고도 모른 척하셨던 거예요?"

세희의 물음에 한윤석이 어깨를 으쓱했다.

"오지 못하게 할 이유도 없고, 비법이 따로 없다는

걸 알게 되면 그만둘 거라 생각했죠."

"그런데 왜 공원 전망대 쪽에서 차에 치인 거죠?"

이번엔 김남규 형사가 끼어들었다.

"CCTV랑 블랙박스로 확인해 보니 그냥 걸어가던 중이더군요."

"거기까지요? 왜요?"

"그건 아직 모르죠. 사고 조사 결과가 나오려면 시간이 좀 걸립니다."

형사는 혜리의 외숙모와 잠깐 얘기를 나눈 뒤 병실을 나가기 위해 돌아섰다. 그 모습을 지켜보던 세희가 재차 확인하듯 물었다.

"공원 전망대 앞 도로에서 사고가 났다고 하셨죠?"

"네. 전망대 앞 횡단보도에서요. 정지 신호를 무시하고 그냥 건너려다가 사고가 났어요."

"거긴 저도 몇 번 가 봤는데 사고가 날 정도로 과속을 할 수 없는 곳인데요?"

세희의 물음에 형사가 살짝 얼굴을 찌푸렸다.

"현장이 촬영된 CCTV를 보면, 장유진 씨가 차들 사이에 서 있다가 뛰쳐나오는 바람에 달려오던 차가 미처 보지 못한 거 같아요."

형사 옆에 쭈뼛쭈뼛 서 있던 한윤석도 연거푸 미안

하나는 말을 남겼다.

"제가 잘 살폈어야 했는데 죄송합니다."

혜리의 외숙모가 그런 한윤석을 오히려 위로했다.

"사장님이 무슨 잘못이 있다고요. 다만…… 우리 딸이 왜 교통 신호를 무시하고 도로를 건넜는지 모르겠네요……. 겁이 많은 아이거든요."

세희가 끼어들었다.

"혹시 술에 취했던 건 아니에요?"

갑작스러운 물음에 형사가 헛기침을 크게 했다.

"혈액 검사 결과는 정상이었어요."

"누군가 언니를 쫓고 있는 상황은 아니었나요?"

"어째서 그런 질문을 하는 거죠?"

약간 언짢은 듯한 물음에 혜리가 대신 답했다.

"얘는 탐정이 꿈이거든요. 추리 소설도 엄청 읽고, 학교에서 벌어진 사건도 많이 해결했어요."

혜리의 애기를 들은 김남규 형사가 쓴웃음을 지었다.

"그랬군요. 아무튼 현재까지는 뒤쫓고 있던 사람은 확인되지 않았어요. 그러니 설부른 추측은 자제하는 게 좋겠습니다."

김남규 형사는 혜리의 외숙모에게 명함을 건네면서 궁금한 일이 있으면 언제든 연락하라는 말을 남기고 병실을 나섰다. 한윤석은 재차 사과하며 휴대폰을 꺼냈다.

"혹시 도움이 될까 싶어 저희 가게 CCTV에 녹화된 영상을 담아 왔습니다. 김 형사님은 이미 봤고, 가족분들께도 보여 드리는 게 좋을 것 같다고 해서요."

혜리와 외숙모, 엄마 그리고 세희까지 다가와 한윤석의 휴대폰 화면을 들여다봤다. 문 차일드 카페 뒷문을 찍은 영상이었다. 화면 왼쪽 귀퉁이에 유진의 뒷모습이 보였다. 휴대폰을 귀에 댄 채 누군가와 통화를 하는 모습이었다.

"누구랑 통화하는 거예요?"

세희의 물음에, 같이 화면을 보고 있던 한윤석이 대답했다.

"김 형사님이 남자 친구랑 통화했다고 했어요."

유진이 비스듬히 가로질러 살짝 열려 있는 후문을 손으로 밀고 밖으로 나가는 것으로 영상은 끝났다. 음주를 의심했던 세희는 고개를 갸웃거렸다.

"멀쩡한데?"

세희의 중얼거림을 들은 한윤석이 휴대폰을 주머니에 넣으면서 한숨을 내쉬었다.

"사라지기 직전에도 클래스를 듣던 다른 사람들과 정상적으로 대화를 했어요. 혹시나 해서 수강생들에게 일일이 전화해 물어봤는데 이상한 모습도 없었다고 했고요."

땀을 뻘뻘 흘리면서 설명한 한윤석은 죄송하다는 말을 남기고 자리를 떴다.

*

방문한 두 사람이 떠난 뒤 혜리의 외숙모는 다시 눈물을 쏟았다. 혜리의 엄마가 외숙모의 등을 쓸어내리며 다독였다. 그 모습을 물끄러미 바라보던 세희가 혜리에게 말을 건넸다.

"뭔가 수상하지?"

"스타일이 딱 브루스 파팅턴호 설계도†네."

"『셜록 홈스의 마지막 인사』에 나오는 그 작품?"

세희가 고개를 끄덕이며 대꾸했다.

"응. 군수 회사 직원 캐도건 웨스트가 약혼녀와 있다가 갑자기 사라지고, 나중에 시신으로 발견되잖아. 유

---

† 코넌 도일의 단편집 『셜록 홈스의 마지막 인사』에 수록된 사건으로 셜록 홈스의 형인 마이크로프트 홈스가 등장한다. 영국이 개발 중인 최신형 잠수함 브루스 파팅턴호의 설계도가 사라지고, 열 장의 설계도 가운데 일곱 장이 군수 공장 직원의 시신에서 발견된다. 형의 의뢰를 받은 셜록 홈스는 범인을 찾기 위해 나선다.

진 언니도 남자 친구를 위해 문 차일드 카페를 염탐하다가 갑자기 나가 버렸지. 엉뚱한 곳에서 교통사고를 당했고."

"그러게. 그런데 경찰은 별로 조사할 생각이 없나 봐."

혜리의 말에 세희가 목소리를 낮춰 얘기했다.

"이 사건을 맡을 만한 사람이 있어."

"누구?"

"우리가 알아보자."

"네가 홈스고 내가 왓슨이야?"

세희가 고개를 끄덕였다.

"일단 사고 현장에 갔다가 유진 언니 남자 친구가 운영하는 카페로 가 보자. 거기 어딘지 알아?"

"응, 예전에 한번 가 봤어. 근데 너 학원 가야 하지 않아?"

혜리의 얘기에 세희는 살짝 얼굴을 찡그렸다. 그동안 아슬아슬했던 엄마와 아빠의 관계가 어제 파국을 맞이한 참이었다. 세희가 집에 돌아왔을 땐 이미 아빠가 짐을 챙겨 나간 뒤였다. 엄마는 넋이 나간 채 TV를 보고 있었다. 그리고 오늘은 변호사를 만난다며 일찌감치 집을 나섰다. 서로 갈라서려는 부모님 생각에 잠겨 있던 세희는 자신을 바라보는 혜리에게 대답했다.

"오늘은 안 가도 돼."

"그래? 그럼 어디 먼저 갈까?"

"현장. 답은 항상 현장에 있는 법이잖아."

"좋아!"

혜리의 엄마와 외숙모에게 인사를 하고 병실을 빠져나오자 복도에서는 아까 먼저 나온 김남규 형사가 휴대폰으로 통화하는 중이었다. 세희와 혜리는 그 옆을 조용히 지나쳤다.

5.

한창 통화에 열중하던 김남규 형사는 응급 환자가 지나가는 바람에 주변이 소란스러워지자 고개를 들었다.

—잠깐만 기다려 봐.

은밀히 통화할 곳을 찾던 김남규 형사에게 비상계단이 눈에 띄었다. 철문에 달린 손잡이를 돌려서 밖으로 나간 그는 계단참에 서서 통화를 이어 갔다.

—아니, 그러니까 왜 영상을 못 주겠다는 건데?

김남규 형사는 비상계단 문이 살짝 열리는 것도 눈

치채지 못한 채 열을 올렸다. 이윽고 통화를 마치고 돌아선 그에게 정체 모를 손이 불쑥 다가왔다. 손목을 낚아채인 그는 깜짝 놀라 외쳤다.

"뭐, 뭐야?"

하지만 상대와 눈을 마주친 순간, 김남규 형사는 재 의지를 잃어버리고 말았다. 문을 닫은 괴한이 나지막한 목소리로 속삭였다.

"나는 너의 주인이다."

괴한의 목소리를 들은 형사는 나른한 목소리로 대답했다.

"당신은 나의 주인입니다."

"너는 이제 진실만을 말할 것이다."

눈에 초점을 잃은 그가 순순히 동의했다.

"나는 당신에게 진실만을 말하겠습니다."

괴한이 재촉했다.

"이번 사고에 대해 얘기해 봐."

김남규 형사는 느린 말투로 사건 개요를 읊었다. 이야기를 듣고 잠시 생각에 잠긴 괴한이 다시 입을 열었다.

"사고 원인은?"

"정확히 밝혀진 게 없습니다. 조사할 필요도 없는 무단 횡단 사고였으니까요."

"그런데 장유진이 왜 문 차일드 카페에서 그곳까지 걸어가 사고를 당한 거지?"

"모르겠습니다. 사실 그건 중요한 이슈는 아니라서요."

"왜?"

"자의로 걸어갔으니까요. 영상으로 확인해 봤지만 누군가의 협박이나 추격을 받은 정황은 없습니다."

"장유진이 문 차일드 카페에서 자기 발로 갔다고?"

괴한의 물음에 형사가 고개를 끄덕였다. 상대가 다시 물었다.

"카페를 떠나기 전에 누굴 만나거나 얘기를 나눈 일은 없었나?"

"영상에는 찍힌 게 없습니다."

"보여 줘."

괴한의 지시에 김남규 형사는 휴대폰을 꺼내 영상을 재생했다. 앞서 병실에서 한윤석이 보여 준 것과 같은 영상이었다. 물끄러미 화면을 바라보던 괴한은, 후문 밖으로 나가려던 유진이 미세하게 비틀거리는 순간을 포착했다. 휴대폰에서 눈을 뗀 괴한이 물었다.

"사장은 따로 조사하지 않았어?"

"이상한 점을 찾지 못했습니다."

"왜?"

"사고를 당한 대학생과 사이가 나쁘지 않았고, 해칠 이유도 없으니까요."

"그자는 언제 카페를 차린 거야?"

"일 년 정도 된 걸로 알고 있습니다."

"장유진의 상태는?"

"머리를 심하게 부딪혀 의식이 없습니다."

몇 가지를 더 물어본 괴한은 검지를 펼쳐 형사의 눈 앞에 세웠다.

"내가 사라지고 오 분 뒤에 너는 이곳을 떠난다. 나를 만난 적도, 얘기를 나눈 적도 없는 거야."

"나는 당신을 만난 적도, 얘기를 나눈 적도 없습니다."

"그리고 앞으로 내가 너에게 '주인'이라는 단어를 얘기하면 지금처럼 복종해야 한다."

"'주인'이라는 단어를 들으면 당신에게 복종하겠습니다."

검지를 내린 괴한이 문을 닫고 사라졌다. 오 분쯤 멍하게 서 있던 김남규 형사는 갑자기 정신이 돌아와 머리를 흔들었다.

"잠깐…… 내가 뭘 하고 있었지?"

6.

병원을 나온 세희와 혜리는 버스를 타고 중앙공원으로 향했다. 서울 남쪽에 조성된 신도시 중 하나인 유림시는 도시 한가운데에 큰 공원이 있었다. 반달 모양 인공 호수를 내세운 '반달공원'이 정식 명칭이었지만 다들 '중앙공원'이라고 불렀다. 넓은 광장에는 각종 운동 시설이 구비되어 있었고, 호수 뒤쪽으로는 산책로가 이어졌다. 특히 호수와 접한 전망대는 경치를 바라보기 좋아서 사람들이 자주 찾는 곳이었다. 전망대로 올라가는 산책로와 2차선 도로 주변엔 카페가 밀집해 있었다. 전망대 앞 도로로 가는 갈림길에서 내린 세희가 뒤따라오는 혜리를 보며 말했다.

"이상해."

"뭐가?"

혜리의 물음에 세희는 전망대로 올라가는 도로를 가리켰다.

"여기서 위로 올라가기만 하면 유진 언니 남자 친구네 카페잖아. 그런데 거기로 안 가고 전망대 앞 도로로 간 이유가 뭘까? 여기까지 왔는데 말이야."

"일단 사고가 난 곳으로 가 보자."

호수를 따라 이어진 도로는 보행로와 자전거 통행로로 나뉘어 있었다. 하지만 주차된 차 때문에 2차선 도로 한쪽은 거의 막힌 상태였다.

"이런 상태에서 과속은 불가능……."

말이 채 끝나기도 전에 전동 킥보드가 바람을 가르며 도로를 질주했다. 깜짝 놀란 혜리가 세희에게 맞장구를 쳤다.

"일단 킥보드도 그렇고, 사람이 너무 많아서 차가 빨리 못 달리겠어."

"신호등 있는 데까지 가 보자."

둘은 보행로를 따라 걸었다. 전망대 앞쪽에 작은 주차장과 관광 안내 센터가 있었고, 그 앞에 신호등이 있었다. 진입로 때문에 도로가 조금 넓어지면서 횡단보도가 생긴 것이다. 하지만 그곳도 불법 주차한 차들로 한

차선이 사라진 상태였으며, 대부분의 사람들은 신호를 신경 쓰지 않고 길을 건넜다. 그러니 이곳을 지나가는 차들은 어쩔 수 없이 최대한 속도를 늦춰야 했다. 횡단보도 앞에 서서 몇 분째 그 광경을 보던 세희가 고개를 저었다.

"우리 학교 앞보다 속도가 느리네."

"거기다 과속 방지턱이 있어서 속도를 더 줄이는 거 같아. 부딪쳐도 사람이 쓰러질 정도까지는 못 달려. 거기다 여긴……."

혜리는 횡단보도 건너편의 주차장을 가리켰다.

"주차장이랑 관광 안내 센터밖에 없잖아. 언니가 횡단보도를 건널 이유가 없어."

"그러네. 가야 할 이유가 없는 곳으로 가다가 차가 과속할 수 없는 위치에서 치였어."

허리에 손을 얹은 채 지켜보던 세희가 혜리에게 조심스럽게 말했다.

"사고가 아닌 거 같아."

"그럼 언니가 일부러 뛰어들었단 말이야?"

"아까 형사도 갑자기 뛰쳐나왔다고 했잖아."

세희의 얘기를 들은 혜리가 횡단보도를 바라보면서 입을 열었다.

"협박 같은 걸 당한 게 아닐까?"

"무슨 협박?"

"여기로 걸어오지 않으면 해치겠다는."

혜리의 생각을 들은 세희가 고개를 저었다.

"경찰 말로는 흔치 았다고 헸어. 휴대폰이 있으니 얼마든지 신고도 할 수 있었고 말이야."

오가는 차들을 좀 더 살펴보던 혜리가 말했다.

"유진 언니 남자 친구 카페로 가 보자."

*

둘은 왔던 길을 되돌아 갈림길로 향했다. 그리고 위쪽 길로 건너갔다. 갈대와 핑크 뮬리가 펼쳐진 길옆으로 아기자기하고 특이한 카페가 줄지어 자리 잡고 있었다. 오디세이도 그중 하나였다. 간판에는 고대 그리스의 배와 긴 창, 둥근 방패를 든 전사가 그려져 있고, 통유리 앞에는 오크 통과 커피 원두 포대가 진열되어 있었다. 유리로 된 출입문 쪽에는 작은 벤치가 놓였는데, 그 옆에 메뉴가 적힌 입간판이 있었다. 입간판에는 예쁜 꽃과 여신이 그려져 있었다. 그걸 본 혜리가 퍼뜩 소리쳤다.

"저거! 유진 언니가 그린 거야!"

"진짜?"

"응, 언니 꿈이 웹툰 작가였잖아. 외숙모가 반대해서 다른 학과를 가긴 했지만."

"일단 들어가 보자."

세희는 혜리와 함께 유리문을 열고 안으로 들어갔다. 안쪽에는 머신을 가운데에 둔 긴 바가 있었고, 금속 재질 테이블과 의자 들이 놓여 있었다. 천장에는 여러 조명이 달려 있었다.

바의 머신 옆에서는 호리호리한 젊은 사장이 손님들과 얘기를 나누며 커피를 만드는 중이었다. 둥근 안경을 쓰고 짧은 머리에 단정한 인상이었다. 레버를 당겨 노즐의 스팀을 빼면서 얘기하던 사장이 유리문을 열고 들어서는 세희와 혜리를 슬쩍 보고 눈인사를 건넸다. 자리에 앉은 혜리가 그런 사장의 모습에 얼굴을 찡그렸다.

"언니는 저 사람 돕다가 다쳤는데, 병원에 와 보지도 않고 말이야."

어느새 손님들과 대화를 마친 사장이 다가왔다. 영어가 적힌 앞치마에 하얀 셔츠를 입은 멀끔한 차림새가 눈에 확 띄었다. 왼쪽 가슴에는 '이민세'라는 이름이 적힌 명찰이 붙어 있었다. 둘을 힐끔 본 그가 말했다.

"처음 오셨나요?"

세희가 곧장 대답했다.

"유림고등학교 학생이에요."

"아, 중앙동에 있는 학교죠? 요즘 학생들은 교복을 안 입으면 구별이 잘 안 가네요."

조용히 있던 혜리가 끼어들었다.

"저는 유진 언니 외사촌 동생 혜리라고 해요. 얘는 제 친구 세희고요."

'유진'이라는 이름을 듣자 이민세의 표정이 살짝 일그러졌다.

"유진이 동생이었구나……. 소식은 들었어."

"왜 병원엔 안 왔어요?"

"아, 저녁때 카페 문 닫고 가 보려고 했어. 보다시피 혼자 일을 해서 말이야."

미안한 표정을 짓긴 했지만 한윤석과는 달리 진심이 느껴지지 않았다. 어색한 분위기에 이민세가 씩 웃었다.

"유진이랑 많이 닮았네."

세희는 웃음기가 가시기를 기다렸다가 단도직입적으로 물었다.

"왜 유진 언니한테 문 차일드 커피 클래스를 들으라고 했어요?"

"어? 그걸 어떻게 알았니?"

"병실에서 만난 경찰이 그러던데요."

세희의 대답을 들은 이민세가 한숨을 쉬었다.

"그게 말이야. 좀 이상해서 조사를 부탁한 거였어."

"어떤 게 이상했는데요?"

"족보가 없는데 커피가 맛있잖아."

"그게 무슨 소리예요?"

세희의 물음에 이민세가 고개를 돌려서 머신을 바라
봤다.

"내가 커피를 배우려고 이탈리아 유학까지 다녀왔
어. 그런데 내 커피보다 더 좋은 평가를 받는다는 게 이
상했어."

"외국에서 배웠다고 커피가 더 맛있으라는 법은 없
잖아요."

이민세가 답답하다는 표정을 지었다.

"커피는 만드는 사람의 수준을 따라가게 되어 있어.
그런데 어디서 배웠는지도 모르는 사람이 갑자기 연 카
페의 커피 맛이 좋다는 게 이상하잖아."

이민세는 흥분한 표정으로 억지스러운 말을 이어
갔다.

"그래서 고민하고 있는데, 유진이가 한번 알아보겠
다고 했어. 거기서 하는 커피 클래스를 듣겠다고 해서

알겠다고 한 게 전부야.”

“그래서 커피 클래스를 듣다가 사고가 났네요.”

“나도 어떻게 된 일인지 몰라. 클래스를 들으면서 이것저것 살펴봤는데 수상한 게 없다고 했거든. 그러다 마지막으로 한 번만 더 늘어 보겠다고 했다가 사고를 당한 거야.”

“전혀 들은 얘기가 없나요? 이상한 징조도?”

“없었다니까. 클래스를 듣고 온다고 해서 알겠다고 한 게 다야. 그런데 엉뚱한 곳에서 사고가 난 거지.”

마치 자신은 아무 책임도 없다는 듯한 태도에 세희가 화를 냈다.

“아저씨를 위해서 문 차일드에 갔다가 사고가 났는데 무슨 말을 그렇게 하세요?”

“내가 등을 떠민 것도 아니었단 말이야.”

버럭 소리를 지른 이민세는 조금 전 얘기를 나눴던 손님들이 놀란 표정을 짓자 미안하다는 손짓을 했다. 하지만 손님들은 본 척도 하지 않고 밖으로 나가 버렸다. 이민세가 한숨을 쉬었다.

“유진이가 다친 건 가슴 아픈 일이야. 이따가 영업 끝나고 병원에 갈 생각이야. 아무튼 내가 해 줄 수 있는 얘기는 여기까지야.”

세희는 돌아서려는 이민세에게 물었다.

"유진 언니가 사고 나기 전에 남자 친구와 통화를 했다고 하던데요. 어떤 얘기였어요?"

이민세가 짜증이 가득한 표정을 지었다.

"그게 왜 궁금한데?"

"사고랑 관련이 있을지도 모르잖아요. 무슨 얘기를 한 거예요?"

"너희가 알 필요 없어."

딱 잘라 말하는 이민세에게 세희가 경고했다.

"그럼 대답할 때까지 이 앞에서 1인 시위를 할 거예요."

"1인 시위?"

"네. 아저씨가 사고에 연루되어 있는데 입을 다물고 있다고 말이죠."

"내가 무슨 잘못을 했다고 그래?"

이민세의 하소연에 세희가 말했다.

"아! 굳이 그럴 필요 없이 인터넷에 올리면 되겠네."

그 얘기를 들은 이민세가 갑자기 세희의 휴대폰을 빼앗으려고 했다. 그러자 지켜보고 있던 혜리가 재빨리 이민세의 손목을 잡고 바깥쪽으로 비틀었다.

"우악!"

예상 밖의 일에 놀란 이민세가 비명을 지르며 주춤 거렸다. 혜리가 자리에서 일어나 더 힘을 주자 이민세는 바닥에 넘어졌다.

울상을 지은 이민세가 팔을 천천히 움직이면서 간신히 입을 뗐다.

"이상한 얘기를 했어."

"무슨 얘기요?"

"횡설수설하면서 가고 있는 중이라는 거야. 나는 무슨 얘기냐고 물었지. 그런데도 계속 이상한 소리를 해서 끊어 버렸어. 그게 전부야."

*

카페에서 나온 세희는 해 질 기미가 보이는 하늘을 올려다봤다. 그리고 천천히 버스 정류장이 있는 갈림길 쪽으로 내려갔다.

"지금까지 상황이랑 증언을 보면 답은 나왔어."

눈짓으로 묻는 혜리에게 세희가 손가락을 하나씩 펴면서 말했다.

"첫째, 유진 언니는 커피 만드는 비법을 알아내기 위해 문 차일드 카페에 갔다."

"그리고?"

"둘째, 그곳에서 어떤 일을 겪은 다음, 남자 친구 카페로 걸어서 돌아가려고 했다. 하지만 바로 가지 않고 횡단보도까지 갔다가 교통사고가 났다. 정황상 달리는 차에 뛰어들어서 스스로 사고를 낸 게 분명해, 이건."

잠깐 생각하던 세희가 덧붙였다.

"유진 언니는 누군가의 협박을 받은 거야. 완벽하게 맞아떨어지지는 않지만 『바스커빌의 개』†와 비슷하네."

"그 이상한 개가 나오는 이야기?"

"맞아. 찰스 바스커빌 경이 산책을 하다가 개를 만나서 죽잖아. 그거랑 비슷한 상황 같아."

"하지만 경찰 얘기로는 아무도 쫓아오지 않았다고 했잖아."

"제대로 조사하지 않았을 거야. 너도 그 형사 봤잖아."

세희의 얘기를 듣고 잠시 기억을 더듬던 혜리가 동의했다.

"그렇네. 단순 사고로 넘어가려는 눈치였어."

---

† 셜록 홈스 시리즈 가운데 가장 널리 읽힌 작품. 찰스 바스커빌 경이 급사하자, 가문 대대로 내려오는 저주인 거대한 개를 보았기 때문이라는 소문이 퍼진다. 셜록 홈스가 황량한 벌판을 무대로 바스커빌 가문의 서스펜스 가득한 저주를 파헤친다.

"문제는 유진 언니를 협박한 사람의 정체지."

"누굴까?"

"지금으로서는 한 명밖에 없어. 문 차일드 사장."

"자기 카페의 비법을 알아내려고 했기 때문에?"

"언니가 그걸 알아냈다면 협박을 냈했을 수도 있지. 유진 언니 겁이 많다며."

"많지. 하지만 달리는 차에 뛰어들 만한 일은 아니잖아. 엄청 큰 죄도 아니고 말이야."

혜리의 의견을 들은 세희가 갈림길의 버스 정류장을 보면서 중얼거렸다.

"불가능한 것을 전부 제외하고 남은 건, 아무리 말이 안 되더라도 진실일 수밖에 없지."

"『네 사람의 서명』†에서 홈스가 한 얘기지?"

혜리의 물음에 세희가 대답했다.

"맞아. 그러니까 말이 안 된다고 해도 그것밖에 남지 않았다면 그게 진실이야."

---

† 셜록 홈스 시리즈의 장편소설 가운데 하나. 셜록 홈스의 조수인 왓슨과 결혼하게 되는 메리 모스턴이 등장한다. 메리 모스턴은 익명의 누군가에게 매년 진주를 한 알씩 받는다. 그러다가 극장에서 만나자는 편지를 받고 불안감에 휩싸인 채 셜록 홈스를 찾아온다. 셜록 홈스가 남긴 가장 유명한 말이 이 작품에 등장한다. "When you have eliminated the impossible, whatever remains, however improbable, must be the truth."(불가능한 것을 제외하고 남은 것이라면 아무리 믿을 수 없다 해도 그것이 진실이다.)

"더 확실한 진실을 알려 줄까?"

"뭔데?"

"버스 왔어."

"뛰어!"

둘은 버스가 막 도착한 정류장을 향해 뛰기 시작했다. 간신히 출발 직전 버스에 올라탄 세희가 숨을 헐떡거리며 혜리에게 외쳤다.

"다음 주 월요일!"

"그날 체육관 가는 날인데, 왜?"

"문 차일드 카페 쉬는 날이야."

"거길 뒤져 보게?"

세희가 고개를 끄덕였다.

"단서가 나올 거야. 그걸로 한윤석을 추궁하자."

"용의자의 집에 잠입하는 거면 「찰스 오거스터스 밀버턴」†이네."

"맞아. 그 사건처럼 범인에게 정의의 심판을 내리는 거야."

---

† 『셜록 홈스의 귀환』에 실린 작품. 찰스 오거스터스 밀버턴은 사교계 유명 인사들의 비밀을 알아내 금전을 갈취하는 악당이다. 피해자의 의뢰를 받은 셜록 홈스는 왓슨과 함께 밀버턴의 집에 잠입한다.

7.

주말이 지나고 다시 월요일이었다. 세희와 혜리는 수업이 끝나자마자 사복으로 갈아입은 다음, 모자를 푹 눌러쓴 채 교문을 나섰다.

버스를 타고 문 차일드 카페로 향한 둘은 골목길에 숨어 주변을 살폈다. 평일 오후라서 카페가 있는 주택가는 한산했다. 전봇대 위 까마귀의 울음이 유난히 크게 들렸다. 까악, 하는 소리에 혜리가 얼굴을 찌푸렸다.

"쉿. 이러다 들키겠어."

혜리가 까마귀와 눈싸움을 하는 사이, 세희는 신중하게 주위를 살폈다.

"카페 정문은 닫혀 있고, 주변에 아무도 없네."

"CCTV는?"

"골목길 끝에 하나 있는데 여기까지는 안 찍힐 거야. 게다가 우리는 모자 썼잖아. 그래도 혹시 모르니 마스크도 쓰자."

둘은 가방에서 마스크를 꺼내 쓰고는 골목을 빠져나왔다. 문 차일드 카페는 쇠창살로 된 담장이 있었지만 야트막한 편이라 넘어가는 데 큰 어려움은 없었다. 쉬는 날이어선지 통유리는 블라인드로 가려져 있고, 유리문엔 잠금장치가 있었다. 통유리의 블라인드 틈으로 안쪽을 살피던 세희가 고개를 저었다.

"잘 안 보여."

"어떡하지?"

혜리의 물음에 세희가 블라인드 틈에서 눈을 떼며 말했다.

"반대쪽 작은 창엔 커튼을 쳐 놓지 않았어. 거기로 가 보자."

둘은 카페를 빙 돌아 뒤로 향했다. 역시 잔디밭이었고, 테이블과 의자가 접혀 있었다. 뒤쪽은 전면부와 달리 하얀 벽 중간에 작은 유리창이 하나 있었다. 세희가 까치발을 하고 안쪽을 살폈다. 주변을 돌아보던 혜리가 말했다.

"저기 봐. 까마귀가 우리를 따라왔어."

"설마."

"진짜라니까? 저기 위쪽."

창문에서 눈을 뗀 세희는 혜리가 가리킨 카페 지붕을 바라봤다. 지붕 난간에서 큼지막한 까마귀가 이쪽을 내려다보고 있었다. 불길한 기분이 들었지만 애써 무시했다.

"다른 까마귀겠지."

"아냐. 아까 전봇대에서 우릴 내려다보던 그 까마귀 맞아. 덩치도 비슷하잖아."

"어쨌든 할 일 먼저 하자."

"그렇다고 유리창을 깨고 들어갈 수도 없고."

혜리의 볼멘소리에 세희가 차분하게 대꾸했다.

"단서가 그렇게 쉽게 나오면 셜록 홈스 같은 명탐정이 어떻게 탄생했겠어."

"그건 그렇지. 근데 안쪽을 조사하지 못하면 아무 소용이 없잖아."

혜리의 얘기를 듣고 주변을 살펴보던 세희는 지하로 내려가는 입구를 발견했다. 그러곤 걸음을 옮겨 아래쪽을 내려다보다 그대로 멈췄다. 혜리가 곁으로 다가가며 물었다.

"뭔데?"

"저기 바닥에 흙."

손가락으로 계단 끝을 가리킨 세희가 덧붙였다.

"유진 언니 운동화에 묻어 있던 흙이랑 같은 색깔이
야."

"정말?"

"응. 중앙공원이나 언니가 오가던 길목에 붉은 흙이
깔린 곳은 없었잖아."

"그러네."

혜리의 대답을 들은 세희가 말했다.

"여기 카페에도 붉은 흙이 깔린 곳은 저기밖에 없어.
그러니까 유진 언니가 이 계단을 내려갔던 게 확실해."

"저기 뭐가 있는데?"

"단서."

짤막하게 대답한 세희가 조심조심 계단을 밟았다.
혜리도 주변을 살피다 뒤를 따랐다.

"같이 가!"

*

계단을 내려간 세희는 옆에 있는 문을 바라봤다. 나
무로 된 문에 작은 유리창이 있었지만 뭔가로 막아 놓아

안이 보이지 않았나. 뒤따라 내려온 혜리가 문을 살펴보며 말했다.

"잠겨 있겠지?"

세희가 대답 대신 문고리를 손으로 잡고 돌렸다. 살짝 움직이는 소리가 났다. 놀란 세희가 중얼거렸다.

"잠그는 걸 깜빡했나 봐."

삐걱거리는 소리를 내며 열린 지하실 문 안쪽은 지독하게 어두웠다. 세희가 주저하는 사이, 가방에서 랜턴을 꺼낸 혜리가 안쪽을 비췄다.

"아무것도 없는데? 그런데 이 냄새는 뭐지?"

혜리의 얘기에 세희가 코를 킁킁거렸다.

"그러게. 뭔가 썩는 냄새 같기도 하고."

랜턴을 좀 더 앞쪽으로 비춘 혜리가 말했다.

랜턴을 휘두르니 마치 깊은 바다 같은 어둠 속으로 빛이 촉수처럼 움직였다. 하지만 촉수는 어둠을 완전히 헤집어 놓지 못했다. 랜턴을 이리저리 움직이며 앞으로 나아가던 혜리가 투덜거렸다.

"동굴 같아."

세희는 혜리의 뒤를 따라 조심스럽게 안쪽으로 들어갔다. 바닥엔 문 앞처럼 붉은 흙이 깔려 있었다. 발을 내디딜수록 점점 더 한기가 올라오는 듯했다. 앞장서 걷던 혜리가 갑자기 걸음을 멈췄다. 휘청거린 세희가 물었다.

"왜?"

"저길 봐."

혜리가 랜턴으로 왼쪽을 가리켰다. 빛을 따라 시선을 옮긴 세희가 중얼거렸다.

"저런 게 왜 여기 있는 거지?"

쇠창살로 된 감옥이었다. 잔뜩 녹이 슨 쇠창살에는 피 같은 얼룩이 묻어 있었다. 가까이 다가간 혜리가 이리저리 뜯어보면서 말했다.

"뭔가를 가뒀던 곳 같은데?"

"동물……?"

랜턴으로 쇠창살을 비춰 보던 혜리가 겁먹은 말투로 답했다.

"…… 사람일 거 같아."

"사람?"

세희의 반문에 혜리가 고개를 끄덕거렸다.

"삼촌이 사육사라 동물원에 놀러 갔다가 들었는데, 네발 달린 짐승은 철창이 저렇게 높을 필요가 없대."

그 말에 세희는 소름이 확 돋았다.

"일단 나가자."

혜리의 말에 세희가 고개를 끄덕이는 순간, 반쯤 열

어 놨던 문이 삐걱거리며 닫혔다. 놀란 세희와 혜리가 서둘러 문 쪽으로 다가갔다. 귓가에 기분 나쁜 바람이 스쳤다. 흉폭한 맹수의 입김 같은 기운에 세희는 꼼짝하지 못했다. 이윽고 어떤 손이 다가와 어깨를 움켜잡았다. 세희는 있는 힘껏 비명을 질렀다.

"꺄악!"

그 순간, 문 쪽을 쳐다보던 혜리가 돌아섰다. 그리고 세희의 어깨를 잡은 무언가의 머리를 걷어찼다. 메마른 타격음과 함께 정체불명의 부서지는 소리가 났다. 어깨를 잡은 손도 떨어져 나갔다.

"괜찮아?"

잠시 정신을 잃었던 세희는 혜리의 물음에 고개를 끄덕였다. 혜리의 뒤쪽에서 푸른빛이 번쩍거리는 게 보였다.

"혜리야, 뒤!"

돌아선 혜리는 다가오는 빛을 랜턴으로 내리쳤다. 꾸엑, 하는 소리와 함께 푸른빛이 사라졌다.

"어서 나가자!"

세희가 혜리에게 외치며 문고리를 잡았다. 그런데 어떻게 된 일인지 아까와 달리 꼼짝도 하지 않았다.

"왜 이래?"

당황한 세희가 세차게 문을 흔들었다. 그사이, 덤벼드는 무언가에 발길질을 하며 혜리가 다급하게 외쳤다.

"이상한 게 자꾸 다가와!"

"문이 안 열려!"

"비켜 봐."

세희가 옆으로 물러나자 혜리가 발로 문을 걷어찼다. 하지만 요란한 소리만 날 뿐 문은 그대로였다. 푸른 빛이 점점 더 다가왔다. 그제야 다른 방법을 떠올린 세희가 휴대폰을 꺼냈다.

"경찰에 신고할게. 잠깐만 버텨."

서둘러 긴급 통화 버튼을 누르려는 찰나, 어디선가 불어오는 세찬 바람에 휴대폰을 손에서 놓치고 말았다. 놀란 세희가 주우려는데 정체불명의 것이 휴대폰을 어둠 속으로 걷어찼다. 그 뒤로 으르렁거리는 소리가 점점 커졌다. 이제 끝이라고 생각한 세희는 눈을 감았다. 혜리의 비명과 함께 짐승이 내는 듯한 으르렁거리는 소리, 무언가 부서지고 씹히는 소리가 들려왔다.

"으아악!"

세희는 문 앞에 그만 주저앉고 말았다.

8.

씨근덕거리는 소리와 함께 축축하고 기분 나쁜 공기가 감돌았다. 눈을 꼭 감은 세희의 팔을 누군가 힘껏 움켜잡았다. 놀란 세희가 비명을 지르려는 순간이었다.

"진정해. 나야."

살짝 눈을 뜬 세희는 혜리가 멀쩡한 걸 보고는 안도의 숨을 내쉬었다.

"무슨 일이 벌어진 거야?"

"설명하려면 좀 애매해. 일단 뭔가가 우리를 공격했고……."

그러면서 문 옆의 벽을 가리켰다. 그쪽을 본 세희는 손으로 입을 가렸다.

"우욱, 피 좀 봐."

마치 벽에 대고 뿌린 것처럼 엄청난 양의 피가 묻어 있었다. 세희가 겨우 구역질을 참는데 혜리가 다시 그 옆을 가리켰다.

"저 사람이 우릴 구해 줬어."

그곳엔 구겨진 셔츠를 입은 배불뚝이 남자가 숨을 헐떡거리며 서 있었다. 낯설지 않은 얼굴이었다.

"혹시?"

세희를 발견한 남자가 한 손을 어색하게 들며 입을 열었다.

"안녕."

세희도 어색하게 손을 흔들었다. 이제야 누군지 확실히 알아볼 수 있었다.

"마이클 햄록 선생님?"

"맞아. 여기서 보게 될 줄은 몰랐네."

약간 어눌한 한국어로 대꾸한 남자가 구겨진 셔츠 자락을 폈다. 여전히 얼떨떨한 세희가 물었다.

"선생님이 여긴 어쩐 일이세요?"

"좀 알아볼 게 있어서……. 그런데 지하실 쪽에서 이상한 소리가 들리기에 내려와 봤지."

어깨를 으쓱하는 마이클 햄록의 대답에 세희가 다시 물었다.

"아까 이상한 소리를 낸 짐승도 선생님이 처리한 거예요?"

"그런 셈이지."

옆에 있던 혜리가 끼어들었다.

"선생님 정체가 뭐예요?"

"일단 여기서 나간 다음에 얘기하자. 언제 무슨 일이 벌어질지 모르잖아."

세 사람은 우선 지하실 밖으로 나가기로 했다. 계단을 올라가 카페를 벗어나자마자 마이클 햄록은 선글라스를 썼다. 근처 공원에 도착한 셋은 벤치에 앉아 숨을 골랐다. 헐떡거리던 마이클 햄록이 입을 열었다.

"사실 내 본명은 셜록 홈스야."

예상 밖의 고백에 어안이 벙벙해진 세희가 간신히 정신을 차리고 물었다.

"셜록 홈스라고요? 선생님이요?"

"그래. 예선엔 최대한 충격을 받지 않게 얘기하려 노력했는데 어떻게 해도 결국은 다 놀라더라. 그래서 이젠 이렇게 대놓고 얘기해."

"마르고 예민한 셜록 홈스는 어디 갔어요?"

"그건 삽화가가 제멋대로 그린 거고. 마르긴 했지만 그 정도는 아니었어."

마이클 햄록의 얘기를 들은 세희는 헛웃음이 나왔다.

"나의 셜록 홈스가 이렇게 등장하리라고는 상상도 못 했는걸요."

세희가 아는 셜록 홈스는 항상 날렵하고 신경질적인 모습이었다. 하지만 지금 눈앞에 있는 사람은 볼살이 붙고 눈꼬리가 처져 천재적인 명탐정이라는 느낌이 전혀 없었다. 마이클 햄록은 한숨을 푹 쉬었다.

"다 셜록 홈스 소설집 삽화를 그린 시드니 파젯 때문이야. 자기 동생인 월터를 모델로 그려 놔 버렸지 뭐야."

"맞아요. 그래서 월터는 외출할 때마다 자기를 셜록 홈스라고 생각하는 사람들 때문에 곤란하다고 했어요."

"게다가 나이가 들면서 나도 외모가 좀 변하긴 했지. 관리를 소홀히 해서 말이야."

"진짜 셜록 홈스라면 이백 살 가까이 됐을 텐데요? 지금이 21세기하고도 이십 년이 넘었으니까요."

미심쩍어하는 세희에게 혜리가 맞장구를 쳤다.

"맞아. 지금까지 살아 있으려면 몇 살이야, 대체?"

둘이 번갈아 가며 의문을 제기했다.

"사실은 말이다. 잭 더 리퍼를 추적하던 중에 사고가 좀 있었어."

마이클 햄록의 말에 혜리가 물었다.

"빅토리아 여왕 시기에 런던에서 연쇄 살인을 저질 렀던 그 잭 더 리퍼요?"

"그래. 잭 더 리퍼의 정체를 알아차리고 미행하다가 놈에게 물렸지."

"물렸다고요?"

세희가 묻자 마이클 햄록이 왼쪽 소매를 걷었다. 손 목 안쪽에 희미하게 송곳니에 물린 흔적이 보였다.

"나를 문 다음 창문을 깨고 도망쳐 버렸어. 그런데 사실 놈은…… 뱀파이어였어."

"뱀파이어라면, 흡혈귀요?"

"응. 언젠가 누군가를 죽이려다가 오히려 물리면서 뱀파이어가 된 것 같아. 그리고 나까지 물어 버린 거지."

마이클 햄록의 얘기를 들은 세희는 혜리를 바라봤 다. 혜리는 잘 모르겠다는 표정으로 고개를 저었다. 세 희가 다시 마이클 햄록에게 시선을 돌렸다. 만약 그 말 이 사실이라면 셜로키언인 세희에게는 기쁘기 그지없는 일이었다. 하지만 뜬금없이 대한민국에 셜록 홈스가 나 타났단 것도 그렇고, 외모까지 영 딴판이라서 몹시 헷갈 렸다. 결국 확인을 해 봐야겠다는 생각에 진짜 셜록 홈 스라면 답할 수 있는 퀴즈를 냈다.

"형 마이크로프트의 미들 네임이 뭐죠?"

"그런 건 없어. 그냥 마이크로프트 홈스였지."

"「얼룩 띠의 비밀」[†]은 1884년 5월에 벌어진 사건을 다룬 거죠?"

"1884년은 맞는데 5월이 아니라 4월이었어."

그 밖에도 몇 가지 사건에 관해 물어봤지만, 마이클 햄록은 정확한 답변을 내놓았다. 결국 세희는 눈앞의 아저씨가 자신이 추앙했던 셜록 홈스라는 사실을 인정하기에 이르렀다. 그때 헤리가 제동을 걸었다.

"진정해. 단지 우리처럼 셜로키언일 수 있잖아."

세희도 차라리 그렇게 믿는 편이 좋겠다고 생각하는 순간, 마이클 햄록이 주머니에서 뭔가를 꺼냈다. 여기저기 흠집이 난 아주 오래된 회중시계였다. 그걸 본 세희의 눈이 휘둥그레졌다.

"왓슨의 회중시계잖아!"

세희의 얘기를 들은 마이클 햄록이 쓴웃음을 지었다.

"알아보는구나. 왓슨이 처음 만났을 때 나에게 보여준, 형 헨리 왓슨 주니어의 회중시계야. 왓슨이 죽을 때 자기를 기억해 달라며 넘겨준 거지."

"맙소사."

---

† 『셜록 홈스의 모험』에 수록된 작품. 결혼을 앞둔 헬렌 스토너는 자신의 언니가 죽기 전에 말했던 이상한 휘파람 소리를 듣고 두려움에 떨다가 은밀히 셜록 홈스를 찾아온다.

혼란에 빠진 세희는 두 손으로 머리를 감싸 쥐었다. 여러 정황을 감안하면 눈앞의 이 남자를 셜록 홈스로 받아들여야 할 것 같았다. 하지만 그러기에는 풀리지 않는 의문이 하나 있었다.

"근데 뱀파이어라면 햇빛 아래에 있지 못하잖아요."

세희와 혜리가 동시에 하늘을 올려다봤다. 태양이 구름 사이로 맹렬한 빛을 내리쬐는 중이었다. 잠시 후 둘의 시선이 아래로 내려와 눈앞의 남자에게 다시 꽂혔다. 마이클 햄록은 어깨를 으쓱거렸다.

"그건 옛날 얘기고. 요즘은 예전보다 태양광이 약해졌고 적응도 된 편이라 선글라스 쓰고 선크림 잘 바르면 괜찮아."

마이클 햄록의 답변을 들은 혜리가 중얼거렸다.

"지구 온난화로 뱀파이어만 살기 좋아졌네. 그렇더라도 뱀파이어라면 사람 피 빨아 먹어야 하는 거 아니에요?"

"요즘은 인공 혈액 같은 게 있어서 괜찮아. 정 힘들면 다른 동물 피도 괜찮고."

그러면서 장난인지 진심인지 살짝 혀끝으로 입술을 핥았다. 그 모습을 본 세희는 손으로 십자가를 그렸고, 혜리는 발차기 자세를 취했다. 하지만 마이클 햄록은 선글라스를 추어올리면서 말했다.

"어디든 들어가자. 선크림이랑 선글라스가 있다고는
해도 햇빛은 뱀파이어에게 해로워."

그렇게 말하며 씩 웃자 송곳니가 삐죽 튀어나왔다.
세희가 한숨을 푹 쉬었다.

"뱀파이어와 셜록 홈스의 결합이라니, 이게 무슨 조
화람?"

*

일단 셋은 공원을 한 바퀴 도는 큰길로 나와서 가까
이 있는 카페를 찾았다. 마이클 햄록은 통유리창에 조명
이 환한 카페를 지나쳐, 작은 창에 실내가 어둑한 카페
로 들어갔다. 어두침침한 카페에선 손님이 없어서였는
지 헤드폰을 쓰고 있던 사장이 꾸벅꾸벅 졸다가 세 사람
을 맞이했다. 마이클 햄록이 카운터에 가서 주문을 하고
커피와 주스를 받아 왔다. 자연스럽게 자리도 안쪽 어두
운 구석 중에서도 가장 어두운 곳에 잡았다. 세희와 혜
리 맞은편에 앉은 마이클 햄록이 어색하게 웃었다.

"어디서부터 얘기해 줄까?"

"전부 다요. 왜 제가 존경해 마지않는 셜록 홈스가

뱀파이어가 되어서, 영화나 드라마도 아닌 현실의 21세기 대한민국에 어슬렁거리는지 정말 궁금하거든요."

세희가 의심스러운 표정으로 쏘아붙이자 마이클 햄록이 어깨를 으쓱했다.

"이찍다 보니 그렇게 되었이. 시직은 이레. 잭 더 리퍼를 추적하던 나는 그자가 살인을 저지르려는 현장에서 붙잡았어. 정말 완벽했지."

그때를 떠올리는지 마이클 햄록의 표정이 아련해졌다. 목이 탄 세희가 주스를 한 모금 마시면서 물었다.

"잭 더 리퍼는 왜 뱀파이어가 된 거죠?"

"그것도 조사해 봤는데 말이야. 고대 이집트에 태양신을 섬기던 사람들이 있었는데, 그들 중 일부가 사람의 피를 마시면서 영생을 누렸다. 배신한 이들은 밤의 여신을 섬겼기 때문에 밤중에만 다녀야 했고."

"고대 이집트에서 시작되었으면 기독교가 생겨난 것보다 훨씬 이전이잖아요. 그런데 왜 십자가에 벌벌 떤 거죠?"

"사실 그건…… 예수가 뱀파이어들을 척살했기 때문이었어. 그래서 상징인 십자가만 봐도 떠는 거지."

"그러니까 잭 더 리퍼가 뱀파이어가 되었고, 그를 잡다가 선생님까지 뱀파이어가 되었다는 얘기잖아요."

"맞아. 1888년 런던에서 그리됐으니까 벌써 백 년하고도……."

"그 문제는 됐고요. 여긴 왜 오신 거예요? 런던에 집이 있지 않아요?"

"허드슨 부인의 하숙집 말이야?"

"네. 베이커가 221번지 말이에요. 저도 비싼 입장료 내고 갔다 온 곳인데."

"거긴 너무 유명해졌어. 사실 하숙비도 싼 편은 아니었고. 왓슨이 죽고 나서 떠났어. 너무 오랫동안 활동하면 의심을 산다고 마이크로프트가 충고해 줬거든."

"그다음에는요?"

"형의 도움으로 신분을 바꿔서 전 세계를 떠돌았지. 그러다가 한국에 왔고 말이야."

"왜요?"

"유럽이나 아프리카, 아메리카는 충분히 돌아다녔거든."

"거짓말."

세희가 딱 잘라 말한 뒤에 덧붙였다.

"아무리 세상이 바뀌었다고 해도 아시아에서 백인은 눈에 잘 띄는 존재예요. 안 그런가요? 거기다 눈에 안 띄려면 서울처럼 외국인이 많은 대도시에 있어야죠. 인구가 십만 명밖에 안 되는 신노시에서는 오히려 눈에 살 띄지 않겠어요?"

세희의 말에 혜리가 동조하는 빛을 띠었다. 그러자 마이클 햄록이 어쩔 수 없다는 표정으로 입을 열었다.

"사실은 말이야. 지금 잭 더 리퍼가 전 세계를 떠돌 아다니면서 살인, 그러니까 흡혈 행각을 벌이고 있는 중 이거든."

"아까는 사람 피를 다른 걸로 대체할 수 있다면서 요?"

"맞아. 그런데 잭 더 리퍼는 굳이 살인을 저질러. 연 쇄 살인범이었을 때의 본능이 남아 있기 때문이지. 그렇 게 피가 없어진 시신들이 발견되면 누군가 우리 존재를 의심할 수 있잖아."

"우리……라면 뱀파이어요?"

마이클 햄록이 무겁게 고개를 끄덕이며 설명했다.

"뱀파이어들도 조직이 있어. 그래서 함부로 인간을 죽이거나 조종할 수 없지. 그런데 잭 더 리퍼는 그런 걸 무시하고 돌아다니면서 마구 살상을 저지르지."

"뱀파이어들은 자신들의 존재를 감추려고 하는데, 잭 더 리퍼가 오히려 방해가 되는 거네요."

세희의 말에 마이클 햄록이 헛기침을 하고는 다시

입을 열었다.

"맞아. 인간일 때도 그랬지만 뱀파이어가 되어서도 내가 탐정 노릇을 하고 있는 이유야."

"그런데 아까 문 차일드 카페 지하실에서 우리를 공격한 건 뭐였죠?"

"그건, 일종의 좀비야. 사람을 세뇌시켜서 부하로 부리는 거지."

갈수록 대화가 이상하게 흐르자 세희는 결국 의자를 박차고 일어섰다. 삐걱거리며 밀리는 의자 소리에, 꾸벅꾸벅 졸던 카페 사장이 놀란 눈으로 이쪽을 쳐다봤다. 혜리가 세희에게 앉으라며 조용히 속삭였다. 커피를 한 모금 마신 마이클 햄록이 여유를 부리며 한마디 했다.

"보통 조명이 어두운 카페가 커피 맛이 좋던데 여기도 그렇구나."

9.

"좀 더 이야기해 주세요."

혜리가 불쑥 끼어들었다. 커피 잔을 내려놓은 마이클 햄록이 눈을 껌뻑이며 생각에 잠겼다.

"처음에 물리고 나서는 별거 아니라고 생각했어. 그런데 계속 몸이 이상해져서 이리저리 알아봤지. 그랬더니 내가 뱀파이어가 된 거더라고."

"가장 큰 문제는 뭐였어요?"

"늙지 않는다는 거. 왓슨을 비롯해서 형인 마이크로프트도 그렇고, 허드슨 부인도 늙어 가는데 나만 홀로 남았어. 결국은 신분을 바꾸고 떠나야만 했지."

"뱀파이어들은 우리 주변에 얼마나 있어요?"

"정확한 수는 나도 몰라. 최고 평의회 멤버 정도나

알지. 대다수 뱀파이어는 조용히 살고 싶어 해. 영화나 드라마 때문에 우리 약점이 잘 알려져 있는 데다 무기도 좋아졌거든. 그리고 보통은 뱀파이어가 되고 나면 습성을 바꾸곤 하는데, 잭 더 리퍼는 그렇지 않아."

"뱀파이어가 된 이후에도 살인자로 계속 살아온 건가요?"

세희의 물음에 마이클 햄록이 고개를 끄덕거렸다.

"오히려 더 날뛰었지. 최고 평의회에서 놈을 처리하려고 했는데 한발 빠르게 도망치고 말았어. 그래서 나에게 의뢰가 온 거야. 운명이지 뭐."

마이클 햄록이 내뱉은 얘기를 들은 혜리가 다시 끼어들었다.

"이상한 게 있어요."

"뭐가?"

"문 차일드 카페 사장이 잭 더 리퍼일 가능성이 높다고 보시는 거죠?"

"긴가민가했는데 지하실을 보니까 거의 확실해."

"왜요?"

"감금 시설을 만들어 놨어. 그리고 피를 저장하는 기계도 들여다 놨고."

설명을 들은 혜리가 반문했다.

˝색 너 리퍼라넌 넝국인이어야 하삲아요.˝

세희가 "그렇네." 동의하며 중얼거리자 혜리가 말을
이었다.

"근데 문 차일드 사장은 보통 한국 사람 같던데요.
검은 머리에 검은 눈동자고요."

"원래 잭 더 리퍼는 갈색 머리에 푸른 눈동자였어.
하지만 뱀파이어는 희생자들과 닮아 가. 설령 백인이었
더라도 아시아인의 피를 많이 마시면 피부색과 머리색
이 비슷하게 변하는 거지. 그자는 아시아에서 오랫동안
활동했으니 구분하기가 어려울 거야."

마이클 햄록이 제 눈과 머리를 가리키면서 설명하자
세희가 팔짱을 끼었다.

"그럼 혜리 외사촌 언니에게 교통사고가 난 것도 문
차일드 사장과 연관이 있는 건가요?"

잠깐 주저하던 마이클 햄록이 혜리를 쳐다보며 말
했다.

"겁이 많거나 의지가 약한 사람은 뱀파이어에게 쉽
게 조종당하지."

"최면 같은 걸 걸었단 말이에요?"

혜리의 물음에 마이클 햄록이 고개를 끄덕였다.

"아마 카페에서 멀리 떨어진 도로에서 차에 뛰어들

라고 지시했을 거야. 그래야 자기가 있는 카페에 주변 시선이 쏠리지 않을 테니까."

"아……."

잠자코 듣던 세희의 머릿속에 문득 병실을 찾아온 한윤석의 얼굴이 떠올랐다.

"사과할 필요까진 없다고 생각했는데, 이제야 왜 그 랬는지 알겠어."

세희가 지난 일을 곱씹는 사이 혜리가 물었다.

"그럼 한윤석이 잭 더 리퍼라는 증거는요?"

"지금으로서는 없어. 그래서 관찰 중이었지."

화를 누그러뜨린 세희가 입을 열었다.

"지하실에 좀비가 있었잖아요."

"너희보다 먼저 가서 살펴봤는데, 다 정리한 상태야. 마지막 남은 좀비는 아까 소멸했고."

"소멸했다는 게 무슨 뜻이에요?"

지하실에서 거의 기절할 뻔했던 세희의 물음에 혜리 가 대신 답해 줬다.

"얼음처럼 녹아 버렸어."

"진짜?"

혜리가 고개를 끄덕거리고는 마이클 햄록을 바라봤 다. 세희 역시 마이클 햄록을 쳐다봤다. 셜록 홈스부터

색 더 리퍼에 뱀파이어까지, 상상노 못 할 이야기가 이어지니 살짝 어지럽기도 하고 비현실적으로 느껴졌다. 햄록은 좀비가 큰 충격을 받아서 쓰러지면 녹아서 사라진다고 대답했다. 그러고는 이유는 밝혀지지 않았다고 덧붙였다.

"그럼 이제 어떻게 해야 하죠? 증거를 잡아야 하잖아요."

"영리한 놈이야. 이번에도 흔적을 없애 버릴 거야."

"그냥 싸워서 끝내면 되지 않아요? 선생님이 잭 더 리퍼를 물리칠 수 없어요?"

"뱀파이어끼리는 못 싸워."

"손을 못 댄다고요?"

"뱀파이어들의 오랜 규칙이야."

어처구니가 없어진 세희가 쏘아붙였다.

"그럼 왜 쫓아다닌 거예요?"

"살인죄를 찾아서 신고하려고."

"뱀파이어라면 잡혀도 금방 빠져나올 수 있잖아요."

"일단 체포되기만 하면 별도로 관리할 수 있어. 은밀하게."

마이클 햄록의 얘기를 들은 세희가 혜리를 바라보며 중얼거렸다.

"왜 점점 더 속고 있는 기분이 들지?"

"나도 좀 미심쩍긴 한데, 어쨌든 우릴 구해 주셨잖아. 그리고 셜록 홈스가 그랬지? 의심스러운 것들을 제거하면, 아무리 불가능해 보이는 일일지라도 그게 진실이라고 말이야."

마이클 햄록이 가볍게 헛기침을 했다.

"지금까지 내가 한 얘기를 믿기 어렵다는 거 이해한다. 그래서 말인데……."

슬쩍 주변을 살핀 마이클 햄록이 덧붙였다.

"놈이 범죄를 저지르는 현장을 같이 덮치면 어떨까? 그럼 내 말을 믿어 줄 수 있겠니?"

혜리의 얼굴을 바라보며 눈빛으로 신호를 주고받던 세희가 대답했다.

"눈으로 직접 확인할 수 있다면 믿을게요."

"놈은 사람을 잡아다가 감금시켜 놓고 피를 빨아. 그러다가 눈에 띌 것 같으면 다른 곳으로 떠나지."

세희는 얼굴을 찡그렸다.

"실종자가 생기면 바로 경찰에 신고가 들어갈 텐데요? 더군다나 유림시같이 인구가 적은 곳에서는 찾기도 쉽고요."

"실종되어도 괜찮을 만한 사람을 고르는 거야."

"그런 사람이 어디 있어요? 다들 가족이나 친구가 있을 텐데……."

"세상에는 가족도 친구도 없는 사람들이 있어."

마이클 햄록의 말에 세희가 뭔가 생각났다는 듯 소리쳤다.

"중앙공원!"

"거기가 왜?"

혜리의 물음에 세희가 목소리를 낮추었다.

"얼마 전에 중앙공원에 머물던 노숙인이랑 가출 청소년 몇 명이 자취를 감췄다는 기사를 봤어."

"나도 너한테 들은 기억 나."

둘의 대화에 마이클 햄록이 끼어들었다.

"최근에 말이냐?"

세희가 어깨를 으쓱거렸다.

"정확한 시기는 모르겠어요. 기사를 자세히 읽지는 않아서요."

"녀석의 방식이야."

세희가 눈짓으로 묻자 마이클 햄록이 대답했다.

"방금 얘기했잖아. 놈은 사라져도 관심의 대상이 되지 않는 존재들을 노린다고."

세희가 겁에 질린 표정을 짓자 마이클 햄록이 덧붙

였다.

"이미 말했지만 대체 혈액이 있기 때문에 사람 피를 마시지 않고도 얼마든지 지낼 수 있어. 하지만 놈은 순전히 사람을 죽이고 괴롭히는 데 즐거움을 느끼기 때문에 계속 그런 짓을 하는 거지. 범행 현장을 잡아 죗값을 치르게 해야 해."

"보통 뱀파이어는 심장에 말뚝을 박아 죽이는 걸로 알고 있는데요."

"그래도 부활하는 경우가 있어. 뱀파이어도 현실 사회에서 처벌을 받도록 하는 게 평의회의 원칙이고, 나도 거기에 동의해."

마이클 햄록의 얘기를 들은 혜리가 물었다.

"그럼 증거를 찾으면 처벌할 수 있는 거죠?"

"물론이지. 철창이 비어 있으니 새로 범행을 계획할 거야."

혜리가 세희를 바라봤다. 도와 달라는 눈빛을 읽은 세희가 고개를 끄덕거렸다.

"알겠어."

그러고는 덧붙였다.

"한 가지만 확인해 보고."

"뭘?"

혜리의 물음에 세희는 대답을 하는 대신 벌떡 일어나 카페에 놓인 작은 장식용 거울을 들고 왔다. 그리고 그걸 마이클 햄록에게 비췄다. 하지만 거울 안에는 그의 모습이 보이지 않았다. 혜리의 눈이 휘둥그레졌다.

"뭐야! 안 비치잖아!"

설마 했던 세희는 힘없이 중얼거렸다.

"뱀파이어는 거울에 안 비친다고 하더니 진짜였네."

조용히 커피를 한 모금 마신 마이클 햄록이 말했다.

"얘들아, 내일 보자."

10.

다음 날 저녁, 운동복에 후드를 입은 혜리와 세희가 중앙공원을 찾았다. 인공 호수 주위로 조깅할 수 있는 트랙과 운동 기구, 팔각정과 조각이 있었다. 날이 저물면 학교 밖 아이들이 나타났다. 노숙인들은 낮부터 곳곳에 자리 잡았다. 공원 공중화장실에서 물을 쓸 수 있고 볕이 잘 들었기 때문이다.

가출한 아이들은 그저 자기들끼리 모여 담배를 피우거나 농담을 주고받으며 시간을 보냈다. 문제가 생기면 경찰이 출동하기 때문에 딱히 지나가는 사람들과 시비가 붙지 않았다. 노숙인들 역시 비닐과 박스로 거처를 만들고 술을 마시거나 누워서 자리를 지킬 뿐이었다.

공원 벤치에 앉아 있던 세희가 조용히 말을 건넸다.

"아무래도 믿기지 않아."

"뭐가?"

"셜록 홈스가 뱀파이어가 되어 우리 앞에 나타났다는 거."

"니도 그렇지?"

혜리가 맞장구치자 세희는 주변을 돌아보며 말했다.

"딴 사람한테 말도 못 하겠어. 제정신이냐고 할까 봐."

"그나저나 햄록 선생님은 어디 있는 거야?"

휴대폰으로 시간을 확인한 세희가 투덜거리는데 바로 뒤쪽 숲에서 부스럭거리는 소리가 들렸다.

"미안. 잠복 중이었어."

하마터면 소리를 지를 뻔한 세희와 혜리는 목소리의 주인공을 보고는 웃음을 참지 못했다. 셜록 홈스의 트레이드마크나 다름없는 앞뒤가 납작한 여우 사냥 모자 대신 군밤 장수 스타일의 모자를 쓰고 있었기 때문이다. 둘이 웃는 이유를 알아차린 마이클 햄록이 모자를 벗으며 멋쩍은 웃음을 지었다.

"여기서 여우 사냥 모자를 쓰면 너무 눈에 띄어서 말이야."

"오히려 그게 더 눈에 띄겠어요."

세희의 응수에 마이클 햄록이 손에 든 모자를 보며

중얼거렸다.

"아무래도…… 여기서 나는 이방인이니까."

수백 년 동안 자신의 정체를 숨기기 위해 이곳저곳을 떠돌아다닌 이의 쓸쓸함이 섞인 목소리였다. 세희와 혜리의 안쓰러운 시선을 느꼈는지, 마이클 햄록이 모자를 다시 쓰며 호탕하게 말했다.

"어쨌든 이곳에 왔으니 작전을 시작해 볼까. 나는 저쪽을 살펴볼 테니까 너희는 여기서 주시하고 있어. 놈이 나타나면 휴대폰으로 연락하고."

"알았어요."

"절대로 놈의 눈에 띄어서도, 놈을 막아서도 안 돼. 보이는 즉시 나한테 연락하렴."

마이클 햄록은 세희에게 작은 쌍안경을 하나 건네고는 사라졌다. 이리저리 비춰 보던 세희가 혜리에게 말했다.

"강아지 데리고 산책 나온 사람들밖에 안 보이네. 우리 동네에 강아지가 이렇게 많았나?"

"요즘 반려견이랑 같이 사는 사람이 늘었잖아."

분수대 쪽으로 쌍안경을 돌리니 반려견과 산책하는 사람들, 친구와 이야기하거나 사진 찍는 사람들이 보였다. 그러다 세희는 분수대 구석에 모여서 담배를 피우는 제 또래의 가출 청소년들을 발견했다. 가족과 나온 이들이 가로등이 환하게 켜진 쪽에 자리 잡고 있다면, 가출 청소년들은 일부러 어두운 곳을 찾아 모여 있는 듯했다. 세희가 쌍안경에서 눈을 떼며 중얼거렸다.

"안티까워."

"뭐가?"

혜리의 물음에 세희가 쌍안경을 건네며 대답했다.

"어두운 곳에 있잖아."

"햄록 선생님 말대로 뱀파이어가 있다면 친구나 가족과 함께인 사람을 노리지는 않겠지?"

"그럼. 유진 언니도 사고가 나니까 우리가 발 벗고 나섰잖아."

둘은 뱀파이어에 대해 이러쿵저러쿵 떠들며 쌍안경으로 주변을 살폈다. 하지만 자정이 될 때까지 별다른 이상한 점은 없었다. 길게 하품을 한 세희가 혜리에게 쌍안경을 건네며 물었다.

"햄록 선생님은?"

"안 보이는데?"

"우리한테 감시하라고 해 놓고 자러 간 거 아니야?"

"에이, 설마?"

혜리가 가볍게 웃으며 대꾸하자 세희는 팔짱을 낀

채 고개를 저었다.

"어쩐지 믿음이 안 가."

"셜록 홈스라는 것도 안 믿어?"

"나의 셜록 홈스는 그렇지 않다고. 깡마른 몸에 날카로운 눈빛이어야 하는데, 축 늘어진 뱃살에 아래로 처진 눈꼬리는 대체…… 인정할 수가 없어."

"그런데 왜 돕겠다고 했어?"

"그야……."

캄캄한 하늘을 보며 세희가 한숨을 쉬었다.

"혹시나 해서지. 유진 언니가 사고를 당한 이유도 밝혀내야 하고 말이야."

"문 차일드 카페 사장이 진짜 뱀파이어일까?"

"안 그러면 지하에 그런 걸 만들어 놓을 이유가 없잖아."

"하지만…… 그렇게 대놓고?"

"아무래도 의심스러워. 전부 다."

세희가 얼굴을 찡그리며 다시 쌍안경으로 주변을 살폈다. 화장실 쪽을 바라보던 세희가 혜리에게 쌍안경을 건넸다.

"저기 검은 모자 쓴 사람 말이야. 아까도 보이지 않았어?"

"저 사람? 그러게, 저녁 시간에도 봤는데 운동하러 다시 나온 거 아닐까?"

"땀도 안 흘리는데. 그냥 근처를 어슬렁거리고 있어."

혜리가 쌍안경에서 눈을 떼며 말했다.

"마치 사냥감을 노리는 거 같아."

"그러고 보니 체격도 문 차일드 카페 사장이랑 비슷한데?"

다시 쌍안경으로 검은 모자를 살펴본 세희의 말에 혜리가 맞장구를 쳤다.

"그렇네. 어떡하지?"

"어떡하긴?"

"햄록 선생님이 이상한 거 보면 바로 연락하라고 했잖아."

"연락해 봐."

혜리가 메시지를 보내는 사이, 세희는 쌍안경으로 검은 모자를 지켜봤다. 화장실 앞에서 어슬렁거리던 검은 모자는 잠깐 사라지는가 싶더니 다시 나타났다.

"뭘 하는 거지?"

그 순간 검은 모자가 오른쪽 운동 기구 쪽으로 움직였다. 운동 기구 뒤 벤치에 가출한 것으로 보이는 청소년들이 모여 있었다. 검은 모자가 다가가 말을 걸자 아이들 중 금발 머리가 관심을 드러냈다. 나머지 아이늘은 몇 마디 하더니 자리를 떴다.

"그나저나 햄록 선생님은?"

세희의 물음에 혜리가 휴대폰을 들여다봤다.

"좀 전에 메시지 보냈는데 답이 없네. 아직 확인도 안 한 모양이야."

"정말 믿음이 안 가."

투덜거린 세희가 계속 쌍안경으로 검은 모자를 바라봤다. 그사이에 무언가 말이 잘 통했는지 아예 벤치에 앉아서 금발 머리와 얘기를 나누고 있었다.

"이러다가 끌려가면 어떻게 해?"

세희의 말에 혜리가 대꾸했다.

"설마. 처음 보는 사람을 따라가겠어? 이 밤중에?"

"아니야. 따라서 일어났어."

다급하게 세희가 덧붙였다.

"햄록 선생님은?"

"아직도 답장이 없어. 전화해 볼까?"

"얼른 해 봐."

벌떡 일어난 세희가 쌍안경을 주머니에 쑤셔 넣었다. 그리고 잠시 고민하다가 앞으로 걸어갔다. 휴대폰을 들고 있던 혜리가 물었다.

"어디 가?"

"막아야지. 끌려가면 무슨 일이 벌어질지 알잖아."

"뱀파이어를 무슨 수로 막으려고 그래? 차라리 신고하자."

"뭐라고 하게? 뱀파이어가 나타났다고?"

혜리가 따라오면서 투덜거렸다.

"연락하라더니 대체 선생님은 어디 있는 거야?"

세희는 광장을 가로질러 화장실 쪽으로 걸어갔다. 여기저기 가로등이 뿜어 내는 뿌연 빛이 먼지처럼 땅 위에 흩뿌려졌다. 화장실 옆 벤치에 도착하자 아무도 없었다. 세희가 주변을 두리번거렸다.

"어디 간 거지?"

뒤따라온 혜리 역시 주변을 살피면서 말했다.

"그러게. 방금 전까지 여기 있지 않았어?"

"벌써 납치당한 거 아닐까?"

"그새? 비명 소리도 안 들렸는데?"

이리저리 살펴보던 세희는 조금 전까지 검은 모자와 금발 머리가 앉아 있던 벤치 뒤편으로 눈길을 돌렸다. 그곳에 검은 모자가 버려져 있었다. 흙 위에 나란히 찍힌 발자국 한 쌍을 본 세희는 발자국이 난 쪽으로 시선을 옮겼다.

"화단 뒤쪽으로 이어지고 있어."

세희가 서둘러 그쪽으로 향했고, 여전히 휴대폰을 든 혜리가 뒤를 따랐다. 가로등이 거의 없어서 몹시 어두웠다.

"어디 있는 거야?"

같이 살펴보던 혜리가 세희의 어깨를 쳤다.

"저쪽에서 소리가 들려."

혜리가 가리킨 곳은 오른쪽 화단이었다. 나무가 띄엄띄엄 심어져 있어서 건너편이 제대로 보이지 않았다. 세희는 수풀을 헤치며 화단을 가로질렀다. 화단 너머로 인공 연못과 팔각정이 있었는데, 그 앞에 몇 명의 남자가 서 있는 듯했다. 어두워서 잘 보이지는 않았지만 그중한 사람이 검은 모자를 쓰고 있던 자라는 건 알아차릴 수 있었다. 금발 머리는 팔각정으로 올라가는 계단에 앉아 있었다. 인기척을 느낀 남자아이들이 고개를 돌렸다.

세희와 혜리의 갑작스러운 등장에 금발 머리를 둘러싸고 있던 아이들의 시선이 쏠렸다. 다들 비슷한 고등학생쯤으로 보였다. 검은 모자를 썼던 남자아이가 허리에 손을 걸치고 이쪽을 바라봤다. 문 차일드 카페 사장이 아니라서 적잖이 실망한 세희에게 남자아이가 소리쳤다.

"뭐야? 얼른 꺼져!"

"어디서 기리 미리야!"

발끈한 세희가 쏘아붙이자 남자아이들이 코웃음을 쳤다. 그때 남자아이들에게 둘러싸여 있던 금발 머리가 벌떡 일어나 도망치려고 했다. 하지만 앞에 서 있던 남자아이가 발을 거는 바람에 넘어지고 말았다. 세희는 재빨리 휴대폰으로 그 모습을 찍었다. 카메라 플래시에 남자아이가 주춤하는 사이, 금발 머리는 세희와 혜리가 있는 곳으로 도망쳐 왔다. 세희는 도와 달라는 금발 머리를 다독거리며 정면을 응시했다. 검은 모자를 썼던 남자아이가 코를 훌쩍이며 다가왔다. 순간적으로 혜리가 세희의 앞을 가로막았다. 그걸 본 남자아이가 낄낄거렸다.

"어쭈, 나랑 싸워 보겠다고?"

그러자 혜리는 목을 한번 꺾으면서 대답했다.

"내가 다니던 도장 관장님이 그랬어. 절대로 일반인이랑 싸우지 말라고."

"이미 늦은 거 같은데?"

남자아이의 비웃음에 혜리가 씩 웃었다.

"그런데 싸움을 피할 수 없다면 인정사정 보지 말라고 했어. 정신이 번쩍 나게."

혜리가 복싱 자세처럼 두 주먹을 쥐자 남자아이가 어이없다는 표정을 지었다.

"도장에서 주먹 지르는 법 좀 배웠다고 까부는 기 이
니야."

헤리는 남자아이의 말이 채 끝나기도 전에 펀치를
날렸다. 퍽, 하는 소리와 함께 남자아이의 고개가 뒤로
확 젖혀졌다. 남자아이가 몇 걸음 뒤로 물러나면서 코를
감쌌다.

"아! 코피!"

틈을 주지 않고 헤리가 정강이를 걷어찼다. 한쪽 발
로 껑충거리던 남자아이가 옆으로 쓰러지자 예상 밖의
상황에 놀란 남자아이들이 욕설을 내뱉으면서 그대로
어둠 속으로 달아났다. 세희는 정강이를 움켜잡은 채 뒹
굴고 있던 아이에게 다가갔다. 남자아이는 헤리가 다가
오자 손으로 머리를 가렸다.

"저 애는 왜 괴롭힌 거야?"

"원래 우리 가출 팸이었는데 애들 물건을 훔쳐 갔다
고 해서 오랜만에 만나 따지려던 것뿐이야."

그 얘기를 들은 금발 머리가 손사래를 쳤다.

"아니야. 다른 애가 훔쳤는데 나한테 뒤집어씌우는
거라고."

둘의 말싸움이 길어질 기미가 보이자 세희가 끼어들
어 금발 머리한테 말했다.

114

"넌 일단 집에 가."

그러곤 남자아이에게 물었다.

"누가 시켰어?"

"시키다니, 뭘?"

"눈에 띄는 검은 모자를 쓰고 왜 계속 화장실 근처를 어슬렁거렸는데? 게다가 여자애를 데려가면서 모자를 떨어뜨려 우릴 여기로 오게 만든 것도 수상하잖아."

남자아이가 머뭇거리자 혜리가 주먹을 불끈 쥐었다.

"이번에는 안 봐준다."

혜리의 으름장에 남자아이가 두 팔로 머리를 감싼 채 눈치를 보며 말했다.

"아, 알았어. 말할게. 사실은 아까 어떤 아저씨한테 돈을 받았어."

"누군데?"

"그, 그게…… 얼굴이 기억이 안 나."

"무슨 소리야?"

혜리의 목소리가 높아지자 남자아이가 다급하게 덧붙였다.

"정말이야. 그냥 풍선처럼 생겼다고."

"풍선? 지금 장난해?"

"진짜야. 내 목숨을 걸고 맹세해. 둥근 얼굴에 눈, 코,

115

입이 있는 정도였어."

남자아이의 얘기를 들은 혜리가 세희를 바라봤다. 잠깐 생각에 잠긴 세희가 남자아이를 내려다보며 물었다.

"너한테 뭘 시켰는데?"

"화장실 앞에서 얼쩡거리라고 했어."

"그냥 돌아다니라고?"

"응. 그러다가 자기가 신호를 보내면 아무나 붙잡고 화단 뒤쪽으로 끌고 가라고 했어. 그리고 모자는 벤치 근처에 눈에 띄게 떨어뜨리라고."

세희와 혜리는 서로의 얼굴을 바라봤다. 혜리가 낮게 중얼거렸다.

"뭔가 싸한데?"

세희는 움츠려 있던 남자아이에게 다시 물었다.

"왜 그런 짓을 하라고 했는데?"

"몰라. 돈을 줘서 시키는 대로 했어. 마침 아는 애를 봐서 데리고 온 것뿐이고. 진짜야."

"신호는 어떻게 받았어?"

"그쪽에서 휴대폰 조명을 좌우로 흔들었어."

대답을 들은 혜리가 세희에게 말했다.

"가까이 있었나 봐."

다시 세희가 남자아이에게 물었다.

116

"어디서 유대폰 소냉을 켰는데?"

아이는 손가락을 들어 저쪽을 가리켰다.

"저기, 건너편."

가리킨 곳을 본 세희는 어처구니가 없다는 표정을 지었다.

"우리가 있던 벤치 근처잖아."

혜리가 남자아이를 몰아붙였다.

"진짜야? 거짓말이면 가만 안 둔다."

"진짜라고. 그쪽이었어."

허탈해진 세희가 털썩 주저앉았다. 혜리가 썩 꺼지라고 소리치자 벌떡 일어난 아이는 후다닥 도망가며 욕설을 퍼부었다. 하지만 세희와 혜리 귀에는 들어오지도 않았다. 특히나 세희는 크게 충격을 받았다.

"함정이었어."

"우리를 확인하려고?"

혜리의 물음에 세희가 고개를 들었다.

"응. 휴대폰 조명을 켠 곳이 우리가 있던 벤치 근처잖아."

"그러니까 상대방이 우릴 찾은 거네?"

"햄록 선생님은 아직도 연락이 안 돼?"

"잠깐만."

혜리가 휴대폰을 들여다보는데 아까 지나쳐 온 화단 쪽에서 부스럭거리는 소리가 들렸다. 무심코 고개를 돌린 세희는 놀랄 만한 사실을 깨달았다.

"잠깐!"

"왜?"

"만약 우릴 감시했다면 그냥 지켜보고만 있지는 않았겠지?"

휴대폰 쪽으로 고개를 파묻고 있던 혜리가 세희를 쳐다봤다. 세희는 겁먹은 표정으로 화단을 흘끔거렸다. 가지만 앙상한 나무들 사이로 부스럭거리는 소리가 점점 더 크게 들렸다. 뒤늦게 알아차린 혜리가 휴대폰을 주머니에 넣고 주먹을 불끈 쥐었다. 그러고는 나무를 헤치고 나온 그림자를 향해 발차기를 했다. 하지만 그림자는 놀랄 만큼 빠르게 몸을 피한 다음 순식간에 세희 옆으로 다가왔다.

"꺄악!"

세희가 외마디 비명을 지르고 옆으로 쓰러졌다.

11.

그 순간 낯익은 목소리가 들려왔다.

"조용히 해."

"햄록…… 선생님?"

땀으로 범벅이 된 마이클 햄록이 손가락으로 조용히 하라는 신호를 보냈다. 둘은 마른침을 꿀꺽 삼키며 고개를 끄덕였다. 마이클 햄록이 마치 고양이처럼 눈에서 빛을 뿜어냈다. 몸을 살짝 낮춘 채 주변을 돌아보던 그는 둘에게 자기 뒤로 오라며 손짓했다. 주먹을 불끈 쥔 혜리의 등에 세희가 바짝 붙은 채 물었다.

"왜 이제 오셨어요?"

"미안. 놈의 냄새를 맡아서 쫓아갔었어. 그런데……."

"아니었어요?"

"응. 누가 돈을 받고 놈의 냄새가 묻은 겉옷을 입고 있었던 거야."

"우리랑 똑같이 당하셨네요?"

"뭐?"

놀란 마이클 햄록이 돌아보자 세희가 대답했다.

"검은 모자를 쓰고 얼쩡대는 녀석이 있어서 여기로 온 거예요. 그런데 누가 시켜서 일부러 우릴 유인했던 거더라고요."

"누가 시켰는데?"

"기억을 못 하던데요. 풍선처럼 생겼다고만……."

마이클 햄록의 표정이 착 가라앉았다.

"우리를 따로따로 흩어지게 했군."

"상대방이 우리 정체를 확인하려고 그랬던 거죠?"

"맞아. 놈도 우리가 누군지 궁금했겠지."

"일이 꼬였네요."

"더럽게 꼬였지. 일단 여기서 빠져나가자. 어디서 우릴 지켜보고 있을지 몰라."

마이클 햄록의 얘기를 듣고 있던 세희는 문득 인기척을 느꼈다. 누군가 바라보고 있는 듯한 섬뜩한 기분에 두리번거렸지만 아무도 보이지 않았다. 안심하려는 찰나, 무심코 올려다본 팔각정 지붕에 까마귀보다 훨씬 커

120

다란 무언가가 웅크리고 있었다.

"저게 뭐, 뭐야?"

세희의 외침에 고개를 돌린 혜리도 입을 떡 벌렸다.

"새야? 사람이야?"

그 말을 듣기라도 한 것처럼 필킹징 지붕에 있던 무언가가 훌쩍 뛰어내렸다. 세희가 비명을 지르는 와중에 혜리가 발차기를 시도했다. 하지만 그 무언가는 미리 예측이라도 한 듯 가볍게 피하면서 혜리를 떠밀었다.

"으악!"

허공으로 떠올랐던 혜리가 비명을 지르며 땅에 떨어졌다. 소리를 듣고 돌아선 마이클 햄록이 두 팔을 벌리면서 세희와 혜리 앞에 섰다. 복면을 쓴 상대방의 눈빛이 마이클 햄록처럼 번뜩였다. 세희는 쓰러진 혜리를 부축해 팔각정 계단으로 올라갔다.

몸을 낮춘 채 대치한 마이클 햄록과 복면 쓴 자가 빙빙 돌면서 서로의 약점을 찾으려 했다. 송곳니가 입술 밖으로 삐져나온 둘은 짐승처럼 으르렁거렸다. 그러다가 복면 쓴 자가 마이클 햄록을 먼저 공격해 왔다. 옆으로 피한 햄록은 늑대처럼 네발로 땅을 짚었다가 훌쩍 뛰어 상대에게 덤벼들었다. 뒤엉킨 둘은 인공 연못이 있는 쪽으로 굴러갔다. 물고 할퀴는 모습이 마치 들짐승이 싸

121

우는 것 같았다. 뒤엉켰던 둘은 약속이나 한 듯 서로 떨어져 노려봤다. 씨근덕거리는 숨소리가 어둠을 뚫고 들려왔다. 일순 정적이 흐른 뒤 둘이 다시 한번 뒤엉켰다. 이번에는 복면 쓴 자가 위로 올라섰다. 그 광경을 지켜보던 혜리가 중얼거렸다.

"저러면 불리한데?"

혜리의 말을 듣기라도 한 것처럼 밑에 깔려 있던 마이클 햄록이 몸을 움직여 빠져나왔다. 햄록은 다시 일어서서 복면 쓴 자를 노려봤다. 조금 전처럼 둘이 대치하는 상황이 벌어졌다. 잠시 후 다시 맞붙는 순간, 이번에는 손으로 상대방을 할퀴거나 발로 걷어차려는 공격이 이어졌다. 이내 둘은 서로의 힘에 못 이겨 튕겨나가듯 인공 연못에 빠졌다. 물속에 들어간 뒤로 한참 동안 어느 쪽도 나오지 않자, 지켜보던 세희가 초조한 듯 입을 열었다.

"너무 오래 있네."

"그러게. 뱀파이어는 물속에서 오래 버틸 수 있나?"

혜리의 말이 끝나기가 무섭게 둘이 연못을 박차고 솟구쳐 올랐다. 물가로 올라와 정신없이 싸우던 둘은 힘이 빠졌는지 뒤로 물러나 다시 대치했다. 씩씩거리는 숨소리가 들리는 가운데 복면 쓴 자가 마이클 햄록에게 말을 건넸다.

"오랜만이야. 홈스."

"너무 오랜만이지. 이제는 좀 그만 보자고."

둘의 대화를 듣고 있던 혜리가 세희에게 속삭였다.

"진짜 셜록 홈스가 맞나 봐."

"나의 셜록 홈스가 저런 아저씨라니……."

세희의 황망한 중얼거림이 끝나기도 전에 양쪽이 다시 맞붙었다. 어느새 복면 쓴 자의 발길질에 마이클 햄록이 튕겨나갔다. 햄록이 신음 소리를 내며 몸부림치자 세희와 혜리가 달려가 부축했다.

"괜찮아요, 선생님?"

"버틸 만해."

가볍게 어깨를 턴 마이클 햄록이 자세를 잡고는 복면 쓴 자에게 외쳤다.

"예전보다 많이 약해졌네."

"너야말로."

여유롭게 맞받아친 상대가 두 팔을 벌린 채 다가왔다. 마이클 햄록 역시 두 주먹을 불끈 쥔 채 기다리고 있다가 상대방이 다가오자 기습적으로 주먹을 뻗었다. 하지만 복면 쓴 자는 예상하고 있었다는 듯 피하며 물러났다.

"백 년 전부터 쓰던 수법이잖아. 이제 새로운 길 좀 시도해 보라고, 홈스."

"매번 걸려드니까 계속 써 먹지."

물러나는 상대에게 바짝 붙은 마이클 햄록이 주먹질을 하는 척하더니 돌연 발길질을 했다. 예상치 못하게 얻어맞은 상대는 비틀거렸다. 마이클 햄록은 그 틈을 놓치지 않고 덤벼들었지만 복면 쓴 자에게 팔을 잡혀 그대로 바닥에 내리꽂혔다.

한 번씩 타격을 주고받은 둘은 다시 거리를 두고 대치했다. 서로 상대가 만만치 않다는 걸 알아서인지 좀처럼 공격을 하지 못했다. 싸움이 길어지자 한밤중인데도 누군가 신고를 했는지 경찰차 사이렌 소리가 들려왔다. 복면 쓴 자가 뒤로 성큼 물러나며 말했다.

"인간들이 올 모양이군. 다음에 결판을 내자고."

"도망치는 주제에 말이 많군. 겁나면 겁난다고 솔직히 말해."

"귀찮을 뿐이야. 파리가 무서워서 피하나?"

복면 쓴 자는 코웃음을 치며 훌쩍 뛰어 인공 연못으로 향했다. 그러곤 놀라운 점프력으로 호수 건너편으로 사라졌다. 그 모습을 지켜본 마이클 햄록은 돌아서서 세희와 혜리가 있는 팔각정으로 발길을 옮기려 했다. 하지

민 다리에 힘이 풀렸는지 휘청기리며 그 지리에 주지앉고 말았다.

"선생님!"

세희와 혜리가 마이클 햄록에게 달려갔다. 두 사람의 부축을 받아 가시히 몸을 일으키 햄록이 숨을 고르며 말했다.

"일단 자리를 뜨자. 사람들이 오면 귀찮아져."

트랙이 있는 광장으로 나오자 저 멀리 119 구급차가 보였다. 세 사람은 아까 앉았던 벤치까지 가서야 겨우 한숨을 돌렸다. 자리에 앉은 마이클 햄록의 가슴과 어깨에 긁힌 상처를 본 혜리가 눈살을 찌푸렸다.

"병원에 가 봐야 하는 거 아니에요?"

"괜찮아. 시간이 지나면 나아질 거야."

주변을 둘러보던 세희가 물었다.

"복면 쓴 자가 잭 더 리퍼였어요?"

"응. 얼굴은 안 보여도 냄새로 느낄 수 있어. 녀석 특유의 체취 말이야."

"그런 게 있어요?"

"쇳내 비슷한 피비린내. 뱀파이어가 되면 냄새도 잘 맡을 수 있지."

"얻는 게 많네요."

세희가 무심코 딘진 밀에 마이클 햄록이 바로 대꾸했다.

"잃는 것도 많아. 그러니 절대 부러워하지 마."

"어쨌든 범죄를 저지르는 현장을 확인하는 건 실패했네요."

"너무 방심했어. 녀석도 우리에 관한 정보를 갖고 있는 게 분명해."

"직접 마주치지 않았잖아요."

"지하실에 있던 부하가 당한 걸 보고 침입자가 있었다는 사실을 알아차린 모양이야."

"그걸 확인하기 위해서 일부러 함정을 파 놓고 기다렸나 봐요."

"나에 대해서는 어느 정도 알고 있었던 것 같아. 이번엔 나를 도와주는 인간들이 누구인지 확인하려 한 모양이고."

"그럼 우리를 알아봤다는 얘기군요."

뱀파이어의 표적이 되었다는 사실에 덜컥 겁이 난 둘의 말에 마이클 햄록이 안심하라는 듯 대꾸했다.

"걱정 마. 놈도 대낮에 사고를 칠 만큼 멍청하진 않으니까."

"밤에 몰래 집에 들어올 수도 있잖아요."

126

"뱀파이어는 초대받지 않으면 집에 들어가지 못해."

"그런 얘기를 들은 적이 있는데 진짜예요?"

"오래된 관습이지. 잭 더 리퍼도 그걸 무시하진 못할 거야."

"그럼 들어오지 말라고 하면 되겠네요."

"쉽지 않아. 뱀파이어들은 최면을 거는 능력이 있거든."

"최면이요?"

"아까도 서로 최면을 걸려고 빙빙 돌면서 눈을 마주 보고 있었던 거야. 실패했지만 말이야."

"만약 최면에 걸려서 초대한다고 얘기하면요?"

세희의 물음에 마이클 햄록이 심란한 듯 고개를 저었다.

"그때는 어쩔 수 없어."

"어쩔 수 없다니요. 셜록 홈스답지 않네요."

"물론 범죄를 막고 범인을 찾는 게 나의 일이긴 하지. 하지만 이미 뱀파이어에게 당한 뒤라면 소용이 없어."

딱 잘라 말하는 마이클 햄록에게 세희가 따지듯 물었다.

"그렇게 위험하면 어떻게든 처리했어야죠."

127

"아까 봤잖아. 일대일로는 놈을 잡기 쉽지 않아. 거기다 뱀파이어끼리는 서로 해칠 수 없다는 규칙이 있다고 했잖니. 설사 놈을 제압한다 해도 내 손으로 해치우진 못해."

"그래서 경찰을 찾는 거군요."

"맞아. 뱀파이어가 인간들 눈에 띄면 그것도 처벌 사유가 되니까."

"어디에서요? 평의회에서요?"

"그래. 최고 평의회에서 누군가를 보내 조용히 처리하지. 우리는 '그림자'라고 불러."

세희 곁에서 이야기를 듣던 혜리가 중얼거렸다.

"완전히 영화네."

"차라리 그렇게 믿으면 좋겠어. 뱀파이어들은 조용히 눈에 띄지 않게 사는 걸 원칙으로 해. 잭 더 리퍼 같은 놈들이 설치고 다니면서 존재가 알려지면 모두가 귀찮아지니까."

잠깐 기침을 한 마이클 햄록이 덧붙였다.

"뱀파이어가 영생의 삶을 살기 때문에 그 비밀을 밝히고 싶어 하는 사람들이 많아."

"어떤 사람들이요?"

세희의 물음에 마이클 햄록이 씩 웃었다.

"톤 많은 사람들. 우리가 그들에게 잡히면 실험실에서 피를 뽑히는 신세가 될 거야."

애기를 듣던 세희는 순간적으로 실험실 유리관에 갇힌 마이클 햄록의 모습을 떠올리고는 저도 모르게 몸을 떨었다. 혜리 역시 비슷한 생각을 했는지 안색이 어두웠다. 그걸 본 마이클 햄록이 힘겹게 몸을 일으켰다.

"일단 집에들 돌아가. 나머지 얘기는 내일 학교에서 하자."

"진짜 괜찮으시겠어요?"

세희의 물음에 마이클 햄록은 상처를 보여 줬다.

"봐. 다 아물었잖니."

방금 전까지 피가 흘러내리던 가슴과 어깨의 상처가 정말로 거의 아물어 있었다. 놀라는 혜리에게 마이클 햄록이 일어나면서 말했다.

"피를 마시지 않아 그런지 예전보다는 회복 속도가 느리네. 내일 보자."

돌아서려던 마이클 햄록이 뭔가 생각난 표정으로 세희를 쳐다보았다.

"그리고 방에 거울을 갖다 놓으렴. 가급적 큰 거울로."

"거울이요?"

"그래. 만약 놈이 찾아오면 그걸 보고 정신을 차린 다음 거절하면 되니까. 일단 거절하면 다시는 못 찾아오니 한 번만 거절하면 돼."

"뒤끝 없는 성격이네요."

"그것도 규칙이야."

"그놈의 규칙. 뱀파이어도 참 피곤하겠어요."

세희가 어깨를 으쓱하자 마이클 햄록이 쓴웃음을 지었다.

"얻는 게 있으면 잃는 것도 있어야지."

그러면서 덧붙였다.

"뱀파이어로 사는 건 피곤한 일이야. 여러모로."

12.

　뜬눈으로 밤을 지새운 다음 날, 세희가 눈을 비비며 학교에 갔다. 역시 눈을 비비며 하품하는 혜리와 교문에서 마주치자 피식 웃음이 났다. 수업이 시작되기 전에 마이클 햄록에게 메시지가 왔다.

　―12시 반에 식당 옆 도서실에서 잠깐 보자.

　오전 수업이 끝나고 학년별로 정해진 점심시간에 세희와 혜리는 식당으로 향했다. 3학년은 맨 나중이라 천천히 1층 식당으로 내려간 두 사람은 서둘러 식사를 마치고 바로 옆 도서실로 향했다. 그곳엔 운동장에 나가지 않는 아이들이 제법 몰려 있었다. 주로 만화책을 읽거나 책상에 잎드려 삼을 자는 편이었지만 간혹 진지하게 책을 읽는 아이들도 눈에 띄었다.

세희와 혜리는 학생들이 반납한 책을 정리하느라 정신이 없던 사서 선생님에게 인사하고 도서실 가장 깊숙한 구석으로 향했다. 창가 쪽 소파에 후드를 푹 눌러쓴 아이들이 옹기종기 모여서 낮잠을 자는 중이었다. 마이클 햄록은 안쪽에서 영문 잡지를 읽고 있었다. 인기척을 느낀 그가 잡지를 책장에 꽂으며 소리를 낮춰 말을 건넸다.

"어제 일은 많이 놀랐지? 미안하다. 사실 나도 좀 어리둥절해. 잠복 중에 너희까지 바로 노릴 줄은 몰랐거든."

"우리를 미끼로 쓴 건 아니죠?"

"오해할 만한 상황이라는 건 알고 있다. 하지만 인간들이 많이 엮이면 피곤해지는 건 나도 마찬가지라니까."

어깨를 들썩거리는 제스처를 취한 햄록이 말을 이어갔다.

"나도 놈이 그렇게 빨리 움직일 줄 몰랐어. 보통은 몇 달, 길게는 몇 년씩 잠복했으니까. 특히……."

주저하던 마이클 햄록이 세희와 혜리를 번갈아 보면서 조심스럽게 말했다.

132

"이번에는 빨리 움직인 편이야. 내가 너무 방심했나 보다."

마이클 햄록의 얘기를 들은 세희는 의심이 완전히 가시지는 않았지만, 일단 넘어가기로 했다. 혜리 역시 같은 생각을 한다는 걸 눈빛으로 읽은 세희기 햄록에게 물었다.

"그런데 이번에는 왜 그렇게 빨리 움직였을까요?"

"이유는 나도 잘 모르겠지만 초조해하는 거 같아."

"초조해한다고요?"

"사실 뱀파이어는 본인만 조심하면 영원히 살 수 있는 존재야. 그런데 영원히 산다는 게 무슨 의미인지 생각해 본 적 있니?"

예상 밖의 질문에 세희와 혜리가 선뜻 대답하지 못하자 마이클 햄록이 말했다.

"인생이 영원히 리셋 된다는 뜻이야. 삶의 환경을 주기적으로 바꿔야 하고, 가까운 이들, 심지어 가족과도 헤어져야 해. 어느 날 갑자기 말이야."

"혼자만 늙지 않아서요?"

우울한 표정으로 고개를 끄덕거린 마이클 햄록이 덧붙였다.

"거기다 한 군데에 오래 머물 수 없어서 전 세계를

떠돌아야 하지. 여행은 즐거운 일이지만 삶을 통째로 버리고 떠난다는 건 그렇게 쉬운 게 아니야. 그래서 의외로 뱀파이어들이 우울증을 많이 앓고 있지."

"생각지도 못했어요."

"하지만 살인은 다르지. 인간에게나 뱀파이어에게나 목숨은 모두 소중하니까."

"원래 뱀파이어들은 사람을 해치잖아요."

혜리의 물음에 마이클 햄록이 고개를 저었다.

"지난번에 말했던 것처럼 오래전 이야기야. 거기다 인간들이 작정하고 나서면 우리는 버티지 못해. 지금처럼 조용히 사는 게 최선이지."

"살인이 뱀파이어의 본능은 아니라는 뜻이군요."

혜리의 얘기에 마이클 햄록이 고개를 끄덕거렸다.

"그래서 잭 더 리퍼는 예측 불가능하고 위험해. 이번처럼 말이야."

마이클 햄록의 얘기를 들은 세희가 말했다.

"그러게요. 카페 지하실에 우리가 다녀갔다는 걸 알고 바로 움직였잖아요."

"놈의 행동 방식을 보면 아예 크게 사고를 치든지, 아니면 갑자기 종적을 감추든지 둘 중 하나야. 어느 쪽이든 시간이 별로 남지 않았어."

"굉장히 난감한 상황이네요. 범인이 누군지 알고, 어떤 짓을 저질렀는지도 아는데 증거가 없어서 체포를 못 하는 거니까요. 딱 「빈사의 탐정」† 케이스네."

그 얘기를 들은 마이클 햄록이 쓴웃음을 지었다.

"반세기 전에 그 방법을 쓴 적이 있지. 녀석의 습격을 받아 죽어 가고 있다고 소문을 냈었어."

"속아 넘어갔나요?"

세희의 물음에 마이클 햄록이 안타까운 표정을 지었다.

"「빈사의 탐정」 때는 왓슨이 있었지만 그때는 없었지. 사실 내가 환자 역할을 했던 적이 몇 번 있어. 한 번도 들키지 않는데 말이야."

그 순간 한 무리의 아이들이 갑자기 들이닥치면서 소리를 지르는 바람에 대화가 잠시 끊겼다. 떠드는 아이들을 물끄러미 보며 마이클 햄록이 답답하다는 듯 한숨을 쉬었다.

"방법이 없네."

세희가 물었다.

---

† 『셜록 홈즈의 마지막 인사』에 수록된 단편소설. 사망률이 높은 쿨리병에 걸린 셜록 홈즈는 왓슨에게 부탁해 컬버턴 스미스를 베이커가 하숙집으로 부른다. 컬버턴 스미스는 쿨리병 전문가로 홈즈를 고칠 수 있는 유일한 의사였다. 하지만 하숙집을 방문한 컬버턴 스미스에게는 다른 의도가 있었다.

"잭 더 리퍼는 왜 그렇게 피에 집착하는 거죠?"

"여러 가지 이유가 있겠지만 가장 큰 건 살육에 대한 본능 때문인 거 같아. 잭 더 리퍼는 인간이었을 때부터 피에 집착했어. 피해자들을 단지 죽이기만 한 게 아니라 처참하게 훼손한 것도 피를 보기 위해서였으니까."

딱 잘라 말한 마이클 햄록의 얘기를 들은 세희가 혜리를 바라봤다. 그러자 혜리의 눈이 커졌다.

"너, 무슨 생각하는 거야?"

"본능이라잖아."

"그래서 그걸 이용하게?"

"이제 남은 선택지는 사람들 앞에서 범행을 저지르게 해서 현행범으로 체포하는 것뿐이야."

세희가 마이클 햄록을 뚫어지게 바라봤다.

"「보헤미아의 스캔들」† 기억하시죠?"

"그녀와 처음 만난 사건인데 잊을 리 없지."

아련한 표정을 짓는 마이클 햄록에게 세희가 말했다.

"그때랑 비슷한 방식을 써 봐요."

---

† 보헤미아의 국왕이 은밀히 셜록 홈스를 찾아와서 전 애인 아이린 애들러와 찍었던 사진을 찾아 달라는 의뢰를 한다. 의뢰를 받아들인 셜록 홈스는 사진을 찾아 나서지만 뜻밖의 상황과 마주한다. 아일린 애들러는 셜록 홈스에게 호감과 패배를 동시에 안겨 준 잊을 수 없는 여성이기도 하다.

"불을 지르겠다는 거냐?"

마이클 햄록의 대답에 세희가 고개를 저었다.

"그자 마음에 불을 질러 보려고요."

✽

그때 혜리의 휴대폰이 시끄럽게 울렸다. 전화를 받고 잠깐 통화를 하던 혜리가 찌푸린 얼굴로 돌아왔다.

"왜?"

"이민세한테 연락 왔어."

"오디세이 카페 사장? 그 사람이 왜?"

"유진 언니가 쓰던 물건이 있는데 나보고 가져가래."

"왜 부모님도 아닌 너한테 얘기하는데?"

세희의 물음에 혜리가 대답했다.

"몰라. 전화를 안 받아서 나한테 연락한 거래."

"어이가 없네."

"더 짜증 나는 게 뭔지 알아?"

"뭔데?"

혜리가 고개를 절레절레 흔들었다.

"올 거면 일찍 오라고 해서 왜냐고 물었더니 문 차일드 카페에 가야 한대, 글쎄."

"거긴 왜?"

"카페 쇼를 해서 구경 가야 한다는 거야."

얘기를 듣고 세희도 어이가 없었다.

"아니, 유진 언니를 몰래 스파이로 보내 놓고는 이제 자기가 간다고?"

"그래서 따졌더니 문 차일드 카페가 매물로 나온다는 소문이 있어서 꼭 살펴보러 가야 한대."

혜리의 얘기를 듣던 마이클 햄록이 끼어들었다.

"매물로 내놓는다고?"

"네. 직접 들은 건 아닌데 그런 소문이 있어서 확인해 보러 가야 한다고 했어요."

"이런, 가게를 팔고 잠적할 모양이구나."

"우리 때문인가요?"

세희의 물음에 마이클 햄록이 대답했다.

"그렇겠지. 너희 얼굴까지 확인했으니 이 학교에 내가 교사로 있다는 사실을 알아내는 건 어렵지 않았을 거야. 코앞에 있는 놈을 놓쳐야 하다니."

분해하는 마이클 햄록에게 세희가 말했다.

"아직 기회가 남았잖아요. 「보헤미아의 스캔들」 방식으로 해 봐요."

"정말로 카페에 불을 지를 거니?"

"아뇨. 그때 브리오니 저택에 왜 불을 지르셨죠?"

"그거야 불이 나면 그 여인이 보헤미아의 국왕과 찍은 사진을 챙길 거라고 생각했기 때문이지."

"아까 잭 더 리퍼가 피에 굶주려 있다고 하셨잖아요."

"그렇지. 그게 아니면 위험을 무릅쓰고 사람들을 납치할 리 없잖아."

"카페 지하 말고도 어딘가에 사람들을 감금해 놨겠죠?"

"아마도. 거기 있던 사람들을 옮겨 놨을 거야."

"피에 대한 굶주림이 생기면 거기로 가겠죠?"

세희의 물음에 마이클 햄록이 대답했다.

"못 참게 되면 그럴 거다. 그런 놈이니까."

"그럼 아까 말씀드린 대로 잭 더 리퍼의 가슴에 불을 질러 봐요."

세희의 얘기를 들은 혜리가 물었다.

"어떻게 하려고?"

"같이 갈 거지?"

"물론이지."

13.

　수업이 끝나자 아이들이 삼삼오오 교문을 나섰다. 그들 사이를 지나쳐 세희는 버스 정류장 쪽으로 걸어갔다. 중앙공원 인공 호수에 가려는 참이었다. 뒤따라오던 혜리가 물었다.

　"너, 무슨 생각인데?"

　"지켜보면 돼."

　"아무리 사람이 많아도 위험한 짓 하면 안 돼. 녀석이 수틀리면 무슨 짓을 저지를지 모르잖아."

　"도와줄 거지?"

　세희의 요청에 혜리가 대답을 하는 대신 가방을 흔들었다. 뭔가 묵직한 것이 흔들리는 소리가 났다.

　"그게 뭔데?"

"지난번에 산 쌍설곤."

"그걸 쓰려고?"

"제대로 맞으면 뱀파이어도 버티기 힘들걸. 좁은 공간에서도 쓸 수 있고."

때마침 버스가 도착해 둘은 나란히 버스에 올라탔다. 그 모습을 멀리서 지켜보던 마이클 햄록도 차에 시동을 걸었다.

*

"가자."

팔짱을 낀 둘은 자연스럽게 문 차일드 카페로 들어섰다. 카페 안이 사람들로 북적이는 이유를 혜리는 입구 옆 작은 입간판에서 찾을 수 있었다.

"오천 원만 내면 모든 커피랑 음료가 무료네."

"여기 원래 커피가 좀 비싸다고 들었는데?"

세희의 물음에 혜리가 말했다.

"맞아. 유진 언니도 그랬어. 가격이 비싼데도 사람들이 여기로만 온다고."

둘은 커피를 주문하러 온 사람들 틈에 조용히 섞여 두리번거렸다. 병원에서 봤을 때처럼 깔끔한 차림의 한윤석이 커피를 내오며, 안경을 쓴 어느 손님과 진지하게 대화를 나누고 있었다.

"파리에 갔더니 아메리카노가 없더라고요?"

"프랑스에서 아메리카노를 찾으면 못 알아듣습니다. 사실 알아듣기는 하는데 자기들 방식이 아니라서 모르는 척하는 거죠. 거기도 미국식 커피를 파는 곳이 있긴 하지만 정말 드물어요. 그래서 드골 공항 안에 있는 스타벅스는 늘 한국 사람들로 북적거리죠."

뒤따라서 큰 웃음소리가 들렸다. 한윤석이 드립 커피를 따르면서 덧붙였다.

"그럴 때는 카페 알롱제를 달라고 하시면 됩니다. 에스프레소에 물을 타 주는 방식이거든요. 물론 더 좋은 건 에스프레소에 익숙해지는 겁니다."

"아유, 진짜 쓰던데."

안경 쓴 손님의 대답에 한윤석이 잔을 앞으로 내밀면서 말했다.

"방법을 알려 드리죠. 에스프레소의 크레마 위에 스틱 설탕을 살짝 뿌려 보세요. 스틱 안에 든 설탕의 한 절반 정도?"

"그러면 맛이 나아집니까?"

"에스프레소를 넘길 때 절반쯤 녹은 설탕의 맛이 느

껴질 겁니다. 한결 낫죠."

"역시 커피는 우리 윤석 씨한테 물어봐야 해."

서로 웃으면서 대화가 끝나자 한윤석은 다시 카운터 뒤쪽으로 돌아가 열심히 커피를 만들기 시작했다. 세희가 혜리에게 소근소근 물었다.

"어젯밤 공원에서 우리를 덮친 그자가 맞아?"

"체구는 비슷한데 잘 모르겠어. 머리에 복면을 써서 눈밖에 안 보였잖아. 팔각정 주변은 좀 어두웠고."

"시험해 보면 곧 알게 되겠지."

잠시 여유가 생긴 한윤석이 카페 한가운데로 나왔다. 그는 수줍은 표정으로 손님들을 향해 운을 뗐다.

"제가 갑자기 이런 행사를 연다고 하니 많은 분이 궁금해했습니다. 이 카페를 팔기 위한 사전 작업이라고 하는 분도 있더군요."

한윤석의 말에 손님들 절반은 농담으로 받아들이며 웃었고, 나머지 절반은 당치도 않은 소리라며 부인했다. 세희는 그런 소문을 냈을 장본인, 그러니까 오디세이 카페 사장 이민세가 여기 와 있는지 궁금했다. 하지만 사람이 너무 많아서 쉽게 찾을 수 없었다. 그때 혜리가 세희의 옆구리를 팔꿈치로 슬쩍 찌르며 속삭였다.

"저기 있네."

이민세는 사람들로 붐비는 창가 쪽에 서 있었다. 그는 한윤석을 뚫어지게 바라보느라 세희와 혜리의 시선은 느끼지 못하는 것 같았다. 저마다의 시선이 한데 엉킨 가운데 한윤석의 이야기가 이어졌다.

"최근 유림시에 안 좋은 일이 이어지고 있습니다. 실은, 여기서 커피 클래스를 듣던 분이 귀갓길에 교통사고를 당해 아직까지 의식을 찾지 못하고 있답니다."

분위기가 일순간 착 가라앉았다. 잠시 손님들을 지켜보던 한윤석이 말을 이어 갔다.

"그래서 저에게 이 공간을 허락하고 이곳에 머물 수 있게 해 주신 유림시 주민들을 위해 무엇을 할 수 있는지 생각해 봤습니다. 제가 할 수 있는 일은 저렴한 가격에 커피를 대접하는 일이더라고요. 오늘 여러분이 내신 커피값은 모두 기부할 생각입니다."

한윤석의 결정에 박수가 쏟아졌다. 물론 한 사람, 이민세는 노려보기에 바빴다. 한윤석은 박수 소리가 잦아들자 부드럽게 웃어 보였다.

"커피는 원하시는 대로 만들어 드리겠습니다. 편하게 이야기들 나누시기 바랍니다."

손님들이 다시 자연스럽게 줄을 섰다. 구석에 서 있던 세희가 혜리에게 속삭였다.

"저런 모습을 보면 잭 더 리퍼 같지가 않아."

"그러게. 햄록 선생님이 잘못 짚은 거 아닐까?"

혜리의 말에 세희가 고개를 저었다.

"여기 지하실에 좀비랑 감금 시설이 있는 거 봤잖아. 그리고 나시 놈이 우리를 찾아왔고 말이야."

"그야 그런데, 아무리 봐도 모르겠어."

"곧 알게 되겠지. 줄이 줄어들었으니까 가자."

대기 줄을 기다리면서 세희는 주머니에 손을 넣은 다음, 남몰래 가져온 커터 칼을 쥐었다. 앞 사람들이 빠져나가고 이내 세희 차례가 왔다. 세희는 한윤석과 눈을 마주치자마자 재빨리 주머니에 있던 칼을 꺼내 제 팔뚝을 그었다. 순식간에 일어난 일이었다. 놀란 혜리가 비명을 질렀다.

"야! 뭐 하는 짓이야!"

팔에서 피가 배어 나오자 세희는 한윤석이 커피를 만들고 있던 테이블 위에 핏방울을 후두둑 떨어뜨렸다. 여기저기서 손님들이 웅성거리는 소리가 들려왔다. 세희는 아픔을 참으며 한윤석을 노려봤다. 놀란 한윤석이 서둘러 행주로 피를 닦았다. 횡설수설하면서 괜찮냐고 묻는 모습이 갑작스럽게 피를 보고 충격을 받은 것 같았다. 혜리가 냅킨을 가져와 세희의 팔에 대고 꾹 눌렀다.

"괜찮아? 빨리 병원에 가자."

혜리는 세희를 부축해 문 차일드 카페를 벗어났다. 밖으로 나간 세희가 속삭였다.

"봤어?"

"보긴 뭘 봐. 네가 팔 긋는 것만 봤어."

"한윤석 말이야. 내가 피를 흘리니까 당황스러워했어."

"당연히 당황하지. 안 그렇겠어?"

"그게 아니라……."

잠시 말을 멈춘 세희가 길 건너편 차에서 내리는 마이클 햄록을 보며 속삭였다.

"먹고 싶은 걸 억지로 참을 때의 그 당황스러움이었어."

"잘못 본 거 아니야?"

"아니. 아까 피를 닦은 행주에 살짝 입을 갖다 대는 걸 똑똑히 봤어."

두 사람에게 다가온 마이클 햄록이 세희의 팔에 난 상처를 보고는 깜짝 놀랐다.

"무슨 일이니?"

혜리가 대신 대답했다.

"한윤석 앞에서 갑자기 팔을 그었어요."

"피를 보여 준 거냐?"

통증으로 얼굴을 찡그린 세희가 고개를 끄덕거렸다.

"「보헤미아의 스캔들」 방식을 흉내 내 봤죠."

"불 대신에 피를 뿌렸구나. 차에 비상약이 있다. 어서 타렴."

마이클 햄록이 글로브 박스에서 꺼낸 붕대로 팔을 감아 주는 내내 세희는 문 차일드 카페를 지켜봤다. 응급 처치가 마무리될 즈음 갑자기 세희가 소리쳤다.

"저기! 한윤석이 나가요!"

문 차일드 카페를 빠져나온 한윤석은 길가에 세워 둔 빨간색 승용차에 올라탔다. 그러곤 시동을 걸자마자 바로 차를 출발시켰다. 재빨리 핸들을 잡은 마이클 햄록이 중얼거렸다.

"피의 굶주림을 못 이겼나 보군."

"어디로 가는 걸까요?"

혜리의 물음에 세희가 대꾸했다.

"피를 마시러 가겠지. 납치한 사람들을 가둔 곳으로."

확신에 찬 세희의 말에 혜리는 입을 꾹 다물었다. 그

사이 운전을 하던 마이클 햄록은 무선 이어폰을 이용해서 전화를 걸었다. 그러곤 상대가 전화를 받자 빠르게 말했다.

"김남규 형사!"

"누구십니까."

"너의 주인. 내가 복종하라는 명령을 내렸던 걸 기억하나?"

"물론이죠. 주인님."

나른한 목소리를 들은 마이클 햄록이 얘기했다.

"지금 중앙공원 일대에서 벌어진 납치 사건 용의자를 추격 중이다. 현재 중앙공원에서 유림시 외곽 방향으로 가고 있어. 내 차를 추적하는 게 가능해?"

"그쪽 도로의 CCTV를 확인해 보겠습니다."

"그래. 위치를 확인하면 혼자서 와."

"알겠습니다. 혼자서 확인된 위치로 가겠습니다."

통화를 끝낸 마이클 햄록이 핸들을 단단히 잡고 속력을 올렸다. 뒤에 앉은 혜리가 물었다.

"누구예요?"

"너희 외사촌 언니 교통사고를 조사하던 경찰. 지난번 병원에서 세뇌를 해 놓은 상태라 연락한 거야."

"경찰이 현장을 볼 수 있게 하려는 거군요."

"그러면 깔끔하게 끝낼 수 있어."

"그랬으면 좋겠네요."

말을 마친 혜리는 가방에서 쌍절곤을 꺼내 조용히 무릎 위에 올려놨다.

14.

한윤석이 운전한 차는 유림시 외곽의 허름한 창고 앞에 멈춰 섰다. 차에서 내린 그는 잠시 주변을 돌아보다가 창고 문을 열쇠로 열고는 안으로 들어갔다. 조심스럽게 따라가던 마이클 햄록이 그 모습을 보고는 다시 김남규 형사에게 전화를 걸었다.

"유림시 외곽의 창고야. 창읍리랑 서천리로 가는 갈림길 근처. 지붕은 빨간색이고, 벽은 시멘트 블록으로 되어 있어."

"어딘지 압니다. 십오 분 뒤에 도착합니다."

"최대한 빨리 오게."

통화를 끝낸 마이클 햄록이 핸들에 손을 올린 채 창고를 노려봤다. 초조한 표정을 짓고 있던 햄록은 십 분이 넘어가자 더 이상 참지 못하고 운전석 문을 열었다. 조수석에 앉아 있던 세희가 말렸다.

"좀 있다 형사가 온다면서요. 기다려 봐요."

"이러다 놈이 흔적을 지우고 떠날 수도 있어. 그러면 다시 처음부터 해야 해."

"위험해요."

"형사가 도착하면 저기로 오라고 전해 줘."

지긋지긋하다는 표정을 지은 마이클 햄록이 도로를 가로질러 한윤석이 들어간 건물로 향했다. 세희와 혜리도 뒤따라 차에서 내렸다. 쌍절곤을 챙긴 혜리가 투덜거렸다.

"영화에서는 보통 이러면 망하던데."

"얼른 가 보자."

세희가 앞장서 도로를 건너 창고로 향했다. 반쯤 열린 문을 밀고 안으로 들어서자 싸늘한 공기가 느껴졌다. 뒤이어 들어온 혜리가 손으로 코를 틀어막았다.

"냄새 끝내주네."

"쉿! 그런데 안에 아무도 없네."

무언가 있을 줄 알았던 세희의 예상과 달리 창고 안은 텅 비어 있었다. 이리저리 살펴보던 혜리가 구석을 가리켰다.

"저기!"

혜리가 가리킨 곳에는 창고 바닥에서 지하로 통하는 뚜껑 문이 열려 있었다. 뚜껑으로 다가간 세희가 휴대폰 조명을 켜 아래를 비췄다.

"사다리가 있는 걸 보니 아래로 내려갔나 봐."

혜리가 쌍절곤을 손에 쥔 채 말했다.

"내가 먼저 내려가 볼게."

"그런데 왜 아무 소리도 안 나지? 선생님이 한윤석을 만났으면 말로 설득할 것 같지는 않은데?"

그 순간 세희의 의문에 답하기라도 하듯 바닥이 와지끈 부서지면서 복면을 쓴 잭 더 리퍼와 마이클 햄록이 서로 멱살을 잡은 채 솟구쳐 올랐다. 그걸 본 혜리가 소리쳤다.

"저게 뭐야!"

거의 천장을 뚫을 기세로 날아오른 둘은 다시 바닥에 떨어졌다. 그리고 어제처럼 팔과 주먹을 이용해 치고받았다. 막상막하로 싸우던 마이클 햄록이 곁눈질로 세희와 혜리를 보고 외쳤다.

"밖으로 나가! 위험해!"

그러는 사이 마이클 햄록이 잭 더 리퍼의 발에 걸어차여 반대편 벽까지 날아갔다. 세희는 저도 모르게 소리글 내뱉었다.

"어떡해!"

그 소리를 들었는지 잭 더 리퍼가 고개를 돌렸다. 세희는 그제야 위기 상황임을 알아차렸지만 아까 들어온 문은 잭 더 리퍼가 막고 있었디.

"어쩌지?"

세희가 발을 동동 구르자 혜리가 소리쳤다.

"아래로 도망치자!"

두 사람은 서둘러 뚜껑 문이 열린 곳으로 달려갔다. 사다리를 타고 어두컴컴한 지하로 내려온 세희가 두 팔로 어깨를 감쌌다.

"싸늘해."

뒤따라 내려온 혜리는 쌍절곤을 손에 쥐고 주변을 살폈다. 잭 더 리퍼와 마이클 햄록이 뚫고 올라간 구멍 말고는 창문도 조명도 없어서 한밤중처럼 어두웠다. 위에서 둘이 싸우는 소리가 메아리처럼 들려왔다. 세희가 휴대폰 조명을 켜서 주변을 비췄다. 그러자 카페 지하실에서 본 것과 같은 철창이 눈에 들어왔다.

"여기네."

세희가 휴대폰 조명을 이리저리 비추는데 그림자 하나가 쓱 다가왔다.

"꺄악!"

세희의 비명을 들은 혜리가 외쳤다.

"엎드려!"

얼른 고개를 숙인 세희의 머리 위로 쌍절곤이 휙 날아가는 소리가 들렸다. 이윽고 픽, 하는 소리와 함께 무언가 부서지는 둔탁한 소리가 났다. 눈을 뜬 세희는 얼굴이 뭉개진 채 쓰러진 남자를 쳐다보았다. 낯빛이 푸르스름하고 푸른 안광을 내뿜고 있어 한눈에 알아볼 수 있었다. 하지만 곧 어둠 속에서 다른 좀비들이 나타났다.

"어떡하지?"

세희의 물음에 혜리가 천장을 바라봤다.

"일단 밖으로 나가자."

말이 끝나기가 무섭게 위쪽 천장이 와지끈 무너지면서 마이클 햄록과 잭 더 리퍼가 떨어졌다. 세희와 혜리는 비명을 지르며 사다리를 타고 올라갔다. 간신히 밖으로 나가려는데, 두 번이나 충격을 받아 약해진 바닥이 그대로 주저앉고 말았다.

"으악!"

두 사람은 철창 위로 떨어졌다. 무릎을 심하게 부딪힌 세희가 얼굴을 찌푸리며 아픈 신음을 토해 냈다. 함께 떨어진 혜리도 소리쳤다.

"나 발목이 끼었어!"

"어디?"

철창 위를 엉금엉금 기어가서 살피자 쇠창살 사이에 혜리의 발목이 끼인 게 보였다. 설상가상으로 아래쪽에서는 좀비들이 다가오고 있었다. 발목을 빼내려면 혜리가 세희에게 쌍절곤을 던졌다.

"받아!"

얼떨결에 쌍절곤을 건네받은 세희는 다가오는 좀비들의 머리통을 내리쳤다. 철창에 매달리던 좀비들이 하나둘씩 떨어져 나갔다. 그사이 혜리가 쇠창살 사이에 낀 발목을 빼는 데 성공했다. 먼저 지하실 위로 올라간 세희가 혜리에게 손을 내밀었다.

"여기야! 얼른!"

혜리가 세희의 손을 잡고 위로 올라서며 투덜거렸다.

"난 탐정이 되고 싶었던 건데 왜 이렇게 싸움만 하는 거야?"

"좀비들이 쫓아오잖아. 한가롭게 투덜거릴 시간 없어."

다행스럽게도 건물이 부서지면서 쏟아져 들어온 햇빛 때문인지 좀비들은 좀처럼 눈을 뜨지 못했다.

겨우 한숨을 돌린 세희가 혜리에게 물었다.

"햄록 선생님은?"

"못 봤어. 저 밑에 계시겠지. 우리 먼저 여기서 나가자!"

세희도 고개를 끄덕거렸다. 그때 지하에서 피범벅이 된 손이 불쑥 올라왔다.

"뭐, 뭐야?"

혜리가 쌍절곤으로 내리치려 하자 낯익은 목소리가 들렸다.

"나야……."

"햄록 선생님?"

쌍절곤을 내려놓은 혜리가 세희와 함께 마이클 햄록을 끌어 올렸다. 코피가 터지고 옷이 다 찢어진 햄록은 바닥에 누운 채 거친 숨을 몰아쉬었다. 아래쪽 지하를 내려다본 혜리가 세희에게 말했다.

"좀비들이 다 뻗었어."

"진짜?"

구멍을 통해 조심스럽게 아래를 내려다본 세희가 마이클 햄록에게 물었다.

"잭 더 리퍼는요?"

"구석에 뻗어 있어. 이번에는 왠지 힘이 약해졌더라."

"피를 오랫동안 못 마셔서 그런가요?"

"모르겠어. 어쨌든 뱀파이어가 정신을 잃거나 제압당하면 그 부하인 좀비들도 의식을 잃고 쓰러지게 되어 있어."

"동기화가 되어 있나 보네요."

"그런 셈이지."

짧게 대답한 마이클 햄록이 신음 소리를 내며 몸을 일으켰다. 그때 창고의 문이 벌컥 열리면서 갈색 점퍼를 입은 김남규 형사가 들어왔다. 한 손에는 테이저건, 다른 한 손에는 삼단봉을 든 그는 햄록을 발견하곤 멍한 눈으로 다가왔다.

"분부하신 대로 왔습니다."

그 말을 들은 마이클 햄록이 세희와 혜리를 바라봤다. 그러곤 다시 시선을 거두고 형사에게 말했다.

"너는 누군가의 신고를 받고 이곳에 온 거야. 너는 철창에 갇힌 사람들, 그리고 그들을 감금하고 있던 한윤석을 발견했어. 나와 이 두 친구는 여기 없었던 거다."

"나는 익명의 제보를 받고 이곳에 출동했습니다."

형사가 느릿하게 말하자 마이클 햄록이 손등으로 코피를 쓱 닦으며 덧붙였다.

"문 차일드 카페 사장 한윤석은 공원에서 갈 곳 없는 사람들을 납치해 감금하는 범죄를 저질렀어. 그자를 체

157

포하고 갇혀 있는 사람들을 풀어 줘."

"시키신 대로 하겠습니다."

세뇌가 된 김남규 형사는 느릿하게 대답하고는 이내 지하를 살폈다. 마이클 햄록은 그 모습을 지켜보다가 둘에게 말했다.

"우린 어서 여길 떠나자."

형사를 바라보던 세희가 서둘러 대답했다.

"알겠어요."

둘은 마이클 햄록을 부축해서 길 건너편의 차로 돌아갔다. 운전석에 탄 햄록이 시동을 걸며 낮게 중얼거렸다.

"이제야 끝났군."

조수석에 앉은 세희가 마이클 햄록을 바라봤다.

"더 큰 희생을 막아서 다행이에요."

서둘러 차가 막 출발하려는데, 혜리의 휴대폰이 울렸다. 주머니에서 휴대폰을 꺼내 든 혜리가 목소리를 낮춰 말했다.

"어, 엄마."

한참 얘기를 듣던 혜리의 표정이 점점 밝아지는 걸 본 세희가 물었다.

"무슨 일이야?"

통화를 끝낸 혜리가 환한 표정으로 외쳤다.

"유진 언니가 깨어났대!"

"진짜?"

"방금 전에 의식이 돌아왔대."

세희와 혜리가 기뻐하는 모습을 본 마이클 햄록이 안심하며 차를 출발시켰다.

"병원에 내려 줄게. 어차피 가는 길이니까."

15.

   몇 주 뒤, 교문 근처 벤치에 앉아 있는 혜리에게 세
희가 다가갔다. 혜리는 이어폰을 꽂은 채 휴대폰을 진지
하게 들여다보고 있었다.

   "뭘 그렇게 열심히 봐."

   "뉴스."

   혜리가 세희에게 이어폰 한쪽을 건넸다. 이어폰을
귀에 꽂은 세희는 화면 속 뉴스로 눈길을 돌렸다. 체포
된 한윤석이 고개를 푹 숙인 채 검찰에 소환되는 장면이
었다.

   문 차일드 카페 사장 한윤석이 사람들을 납치해 감
금했다는 사실이 밝혀지면서 유림시는 한동안 발칵 뒤
집혔다. 현장에서 체포된 한윤석은 바로 구속되었고, 피

헤기들은 풀려났다. 하지만 대부분 납치된 이후의 일을 기억하지 못했는데, TV에 나온 전문가들은 그것이 약물 중독의 영향이라고 밝혔다. 조사를 받으러 가는 한윤석에게 기자들이 몰려들어 왜 사람들을 감금했는지, 죽은 피해자는 없는지 수사포처럼 질문을 쏟아 냈다. 하지만 한윤석은 아무 대답도 하지 않고 검찰청 안으로 들어갔다. 그 장면을 끝으로 뉴스 스튜디오가 나오고 앵커가 간단히 브리핑을 하기 시작했다. 세희가 이어폰을 귀에서 뽑아 혜리에게 건넸다.

"이 사람이 잭 더 리퍼라니 믿기지가 않아."

"그러게."

혜리와 얘기를 주고받던 세희가 고개를 돌려 학교 본관 건물을 바라봤다.

"언제 오신대?"

"곧."

혜리의 대답을 듣기라도 한 것처럼 멀리서 마이클 햄록이 나타났다.

"안녕."

어색하게 손을 흔든 마이클 햄록은 한쪽 어깨에 가방을 걸치고 있었다. 한윤석, 그러니까 잭 더 리퍼가 체포된 이후 햄록은 여름 방학 동안 영국에 다녀올 예정이었다.

"오늘 출국하시는 거예요?"

세희의 물음에 마이클 햄록이 고개를 끄덕거렸다.

"내일이 방학이잖아. 금방 다녀올 거야."

혜리가 물었다.

"얼마 만에 가시는 거예요?"

잠깐 생각하던 햄록이 대답했다.

"거의 칠십 년 만에?"

대답을 들은 세희가 말했다.

"베이커가의 하숙집 많이 변했어요."

"그렇다고 들었어."

"기념품은 안 사 오셔도 돼요."

세희의 농담에 마이클 햄록이 미소 지었다.

"먼발치에서 볼 생각이야."

"돌아오실 거죠?"

"물론이지. 여긴 제2의 고향이야."

마이클 햄록, 아니 셜록 홈스의 말에 세희와 혜리는 활짝 웃었다. 손목시계를 힐끗 들여다본 햄록이 말했다.

"공항 가는 길에 병원이 있던데, 태워다 줄까?"

혜리가 반갑게 대답했다.

"네! 안 그래도 유진 언니 보러 가려고 했어요."

"언니는 어때?"

"일반 병실로 옮겼고, 다음 주면 퇴원한대요."

혜리의 대답을 들은 마이클 햄록이 계속 물었다.

"후유증은?"

"사고 났을 때랑 이전 기억이 일부 없는 것 빼고는 괜찮대요."

"일시적 기억 상실증이구나. 시간이 지나면 회복될 거야."

"의사 선생님도 그렇게 말했어요."

*

병원 주차장에 도착한 마이클 햄록은 방학이 끝나면 보자는 말과 함께 사라졌다. 엘리베이터를 타고 병실로 올라간 두 사람을 침대에 누워 있던 유진이 반겼다.

"어, 혜리구나. 세희도 왔네?"

"언니가 우릴 보고 싶어 한다고 해서 한걸음에 달려왔죠."

세희의 얘기를 들은 유진이 환하게 웃었다.

"그래. 너희가 나 때문에 고생 많았다고 들었어."

"고생은요. 그런데 정말 기억이 안 나세요?"

세희의 조심스러운 물음에 유진이 고개를 끄덕였다.

"문 차일드 카페에 간 일까지는 기억이 나는데 그 뒤로는 전혀 생각나질 않아."

낙담한 듯한 유진에게 세희가 위로를 건넸다.

"시간이 지나면 기억이 돌아올 거예요."

"그랬으면 좋겠어."

세 사람이 얘기를 주고받는 도중 갑자기 병실 문이 열렸다. 문 앞에 선 사람은 유진의 남자 친구인 이민세였다. 여전히 말끔한 모습이었지만 그동안 그가 보인 태도에 실망을 넘어 반감까지 가지고 있던 세희와 혜리는 금세 표정이 굳어졌다. 다만 아무것도 모르는 유진만큼은 밝은 얼굴로 그를 맞았다.

"민세 씨, 여긴 내 외사촌 동생 혜리랑 친구 세희야."

"알아. 우리 카페에 온 적이 있거든."

이민세의 얘기를 들은 유진이 세희와 혜리를 번갈아 바라보았다.

"응? 너희, 카페에 갔었니?"

"네. 언니가 사고 난 이유를 알아보려고요."

세희의 대답을 들은 유진이 웃으며 대답했다.

"그랬구나."

세희는 처음 만났을 당시 이민세가 보인 냉담한 모

습을 얘기할까 고민하느라, 그가 가까이 다가오는 걸 눈치채지 못했다. 어느샌가 이민세가 세희에게 바짝 다가서서는 환하게 웃으며 속삭였다.

"너희는 내 말을 들어야 해."

"네?"

무슨 말도 안 되는 소리를 하느냐고 따지려는데 이상하게 온몸에 힘이 쭉 빠졌다. 세희는 허공에 둥둥 뜨는 느낌을 받았다. 몸은 꼼짝도 하지 않았고, 눈도 껌뻑거리지 못했다.

'마치 물속에 있는 것 같아.'

겨우 고개를 돌린 세희가 옆에 선 혜리를 바라봤다. 혜리 역시 비슷한 상황인 듯 눈을 뜬 채 앞만 보고 있었다. 옴짝달싹 못 하는 세희 앞에 이민세가 다가섰다. 눈동자에서 푸른빛이 뿜어져 나왔다.

'어……'

세희 곁에 붙어 선 이민세는 눈빛을 반짝였다.

"그동안 너희가 멍청한 셜록이랑 바보짓 하는 거 잘 봤어. 내가 만든 함정에 정확히 빠졌더군."

"하, 함정이라고요?"

"그래, 한윤석은 나에게 세뇌된 불쌍한 인간이었어. 내 힘을 줘서 홈스와 맞서 싸울 수 있긴 했지만 말이야."

"……맙소사."

놀란 세희는 비명이라도 지르려고 애를 썼다. 그런 세희에게 이민세, 아니 잭 더 리퍼가 손가락을 까닥거렸다.

"그놈이 자꾸 귀찮게 해서 함정을 파 놓고 기다린 거지. 그런데 거기에 너희까지 걸려들더군. 그래서 재미있는 계획을 짜 봤어."

이죽거리며 말하는 잭 더 리퍼가 꼼짝도 못 하는 세희와 혜리를 바라봤다.

"지금 바로 셜록에게 전화를 걸어 병원 주차장에서 만나자고 해. 그리고 만나자마자 칼로 찔러."

"찌르라고?"

말도 안 된다는 대꾸를 하려 했지만 제대로 발음할 수 없었다. 오히려 그의 얘기를 꼭 들어줘야 할 것만 같은 강박이 머리를 짓눌렀다. 견디다 못한 세희가 저도 모르게 입을 열었다.

"알았어요."

"그리고 경찰에 체포되면 셜록이 너희 둘을 괴롭혀서 복수한 거라고 해."

이번에도 저항하려고 했지만 점점 그럴 마음이 사그라들었다. 잭 더 리퍼의 말을 반드시 들어야 한다는 의

166

지만 강해졌다. 세희는 자신처럼 세뇌에 빠진 혜리가 고개를 끄덕이는 걸 보면서 뒤따라 고개를 끄덕거렸다. 그러자 잭 더 리퍼는 흡족한 표정을 지었다.

"나는 여기 온 적이 없고, 너희를 만난 적도 없는 거야."

"우리는 당신을 만난 적이 없어요."

느릿한 혜리의 말소리를 따라 세희도 같은 말을 읊조렸다. 이윽고 잭 더 리퍼, 이민세가 침대에 누워 있는 유진에게 윙크하고는 병실 밖으로 사라졌다. 아무 생각도 할 수 없게 된 세희와 혜리 역시 천천히 병실을 빠져나갔다.

16.

병원 복도를 걷던 잭 더 리퍼는 비상계단이 있는 문을 열어젖혔다. 옥상으로 올라간 그는 주차장이 내려다보이는 쪽으로 걸어갔다. 평일 오후라 병원의 외부 주차장은 절반 약간 넘게 차 있었다.

"어디 보자."

흥분하면 살짝 튀어나오는 송곳니를 혀로 핥은 잭 더 리퍼는 주차장 쪽으로 나 있는 병원 출입문을 내려다봤다. 잠시 후 문을 열고 나가는 세희와 혜리가 보였다.

"그래, 너희끼리 잘 싸워라."

한국에 온 뒤로 잭 더 리퍼는 몇 번의 이사를 거쳐 유림시를 알게 되었다. 이 조용한 소도시에는 그를 위한 최적의 표적들이 가득했다. 사라진다 한들 아무도 찾아

나서지 않을 소외된 이들. 하지만 역시 뱀파이어가 된 셜록 홈스가 언젠가는 찾아올 것이라고 생각했다.

"계속 쫓겨 다닐 수는 없잖아."

사람들을 납치해 뱀파이어로 만들고 괴롭히는 건 그에게 즐거운 일이었나. 하지만 도망쳐 다니는 건, 특히나 인간이었을 때부터 졸졸 쫓아다니던 셜록 홈스는 지긋지긋했다. 그래서 이번에는 반대로 함정을 파기로 했다. 셜록 홈스를 따르는 순진한 고등학생 둘까지 덤이었다. 그들을 이용해 셜록 홈스를 함정에 몰아넣을 셈이었다.

"외국인 선생이 학생들을 괴롭혔다고 하면 빠져나갈 구석이 없는 거지."

앞으로 벌어질 일을 생각하면서 씩 웃는 잭 더 리퍼의 눈에 파란색 승용차가 주차장으로 들어오는 게 보였다. 셜록 홈스가 모는 자동차였다. 주차장 구석에 있던 세희와 혜리에게 파란색 승용차가 다가갔다. 그런데 벽에 바짝 붙은 외진 위치라서 옥상에서는 잘 내려다보이지 않았다.

"멍청한 것들."

위치까지 지정했어야 했다고 투덜거리며 잭 더 리퍼는 아래가 잘 보이는 쪽으로 걸어갔다. 이윽고 주차장 끝에 세워진 파란색 승용차가 눈에 들어왔다. 그런데 세 사람이 보이지 않았다.

"차에 타고 있는 거야?"

얼굴을 찌푸린 잭 더 리퍼는 직접 내려가서 보기로
했다. 몸을 돌려 비상계단으로 향하려던 그때, 잭 더 리
퍼가 갑자기 발걸음을 멈췄다.

"뭐지?"

이상한 낌새를 챈 순간 옥상 문이 확 열리더니 마이
클 햄록이 모습을 드러냈다. 그 뒤로 세뇌를 당했던 세
희와 혜리가 나란히 걸어 들어왔다. 얼떨떨해진 잭 더
리퍼가 머뭇거리는 사이, 햄록이 옥상 문을 닫았다.

"어, 어떻게 된 거야?"

잭 더 리퍼의 물음에 마이클 햄록이 코웃음을 쳤다.

"영국 최고의 탐정인 나를 속일 생각을 하다니, 예나
지금이나 어리석군."

"처, 처음부터 내 정체를 알았던 거야?"

이번엔 햄록 대신 세희가 대답했다.

"아니. 하지만 이상하다 싶었지. 너무 쉽게 잡혀서 말
이야. 그래서 기다렸어. 진짜 잭 더 리퍼가 나타나기를."

"하, 하지만 내 세뇌를 이겨 내는 건 불가능해!"

"물론 세뇌를 당했지. 하지만 그 전에 먼저 세뇌가
되어 있었거든. 햄록 선생님한테."

"뭐라고?"

"잭 더 리퍼에게 세뇌를 당하게 되면 선생님에게 연락해서 『주홍색 연구』†의 한 구절을 읊기로 한 거야."

세희의 얘기를 혜리가 이어받았다.

"인생이라는 무색 실다래 인에는 살인이라는 이름의 선홍색 실이 있습니다."

두 사람의 얘기를 들은 마이클 햄록이 씩 웃었다.

"공항으로 가는 길이었는데, 혜리가 나에게 대뜸 전화해서는 저 구절을 읊었지. 그래서 바로 방향을 돌려 두 사람을 만나자마자 세뇌를 풀었어."

"내 세뇌를 풀었다고?"

"최고 평의회에서 너의 세뇌를 풀 수 있는 능력을 받았달까. 언젠가 이런 방식으로 나를 제거하려 들 줄 예상했지. 물론 한윤석의 세뇌도 풀었어."

비로소 상황이 어떻게 돌아가는지 알게 된 잭 더 리

---

† 셜록 홈스 시리즈의 첫 작품. 왓슨이 처음으로 등장해서 기록한 셜록 홈스의 사건이기도 하다. 일본어판 번역으로 제목이 굳어졌지만, 원 제목은 '선홍색 습작'이나 '핏빛 습작'이 적절하다.
이 작품에는 다음과 같은 셜록 홈스의 말이 담겨 있다. "There's the scarlet thread of murder running through the colourless skein of life, and our duty is to unravel it, and isolate it, and expose every inch of it."(인생이라는 무색 실타래 안에는 살인이라는 이름의 선홍색 실이 있습니다. 그것을 풀고, 격리해서, 구석구석까지 폭로하는 게 우리의 의무입니다.)

퍼는 분노하며 송곳니를 드러냈다.

"그래, 이렇게 된 이상 여기서 결판을 내자."

"한심하긴."

비웃음을 띤 마이클 햄록이 두 사람과 함께 뒤로 물러났다. 그러자 옥상 문을 밀치며 경찰 특공대가 쏟아져 들어왔다. 무장한 경찰들이 일제히 잭 더 리퍼를 둘러쌌다. 마지막에 김남규 형사가 올라오는 모습을 본 햄록이 잭 더 리퍼에게 말했다.

"순순히 체포되는 게 여러모로 좋을 거야."

그 말을 들은 잭 더 리퍼는 마이클 햄록을 노려보며 천천히 무릎을 꿇었다. 그리고 두 손을 들면서 말했다.

"이게 끝이라고 생각하지 말라고."

곧이어 경찰 특공대가 잭 더 리퍼를 결박하고 미란다 원칙을 고지했다. 그걸 듣고 있던 햄록이 세희와 혜리를 돌아봤다.

"이제 내려가자."

*

계단을 내려온 세 사람은 밖으로 나갔다. 출동한 경찰차를 구경하러 나온 환자와 방문객 들이 현관 앞에 잔뜩 보여 있었다. 그늘을 지나치며 마이클 햄록이 세희와 혜리에게 말했다.

"공항으로 가다가 최고 평의회로부터 연락을 받았다."

"무슨 연락이요?"

세희의 물음에 햄록이 어깨를 으쓱거리며 대답했다.

"말썽을 피우는 뱀파이어가 또 있나 봐. 그자의 이름도 잭이야. 잭이라면 이제 넌덜머리가 나는데."

"무슨 말썽을 부렸는데요?"

"사랑하는 여자를 구하기 위해 늑대 인간들과 싸우는 중이란다."

마이클 햄록의 얘기를 들은 혜리가 눈을 크게 뜨더니 고개를 절레절레 저었다.

"늑대 인간도 진짜로 있는 거예요?"

"물론이지. 뱀파이어들과 사이가 아주 나빠. 그래서 오래전에 협정을 맺고 서로 건드리지 않기로 했어."

"그런데 그 잭이라는 뱀파이어가 그걸 어기고 있군요."

"맞아. 사랑하는 사람 때문이긴 하지만 협정을 어기면 인간 사회에까지 문제가 커질 수 있어."

"그렇지만 그건 뱀파이어와 늑대 인간 사이의 일인

데도요?"

세희의 반박에 햄록이 대답했다.

"그렇긴 하지만 인간들과 관련된 범죄에도 얽혀 있거든. 어쨌든 막아야만 해."

"어디 있는데요?"

"지금부터 찾아봐야지."

짧게 대답한 마이클 햄록, 아니 셜록 홈스가 둘에게 물었다.

"도와줄 거지?"

세희와 혜리는 거의 동시에 대답했다.

"물론이죠!"

저는 자타 공인 셜로키언입니다. 제가 지금 '작가의 말'을 쓰고 있는 책상 아래에는 셜록 홈스 코스프레를 할 때 쓴 모자와 코트가 든 상자가 있고, 바로 옆 책장에는 '셜록 홈스' 시리즈가 꽂혀 있죠. 심지어 제 명함에도 셜록 홈스 그림을 넣었던 적이 있습니다. 제가 추리소설가로서 가장 존경하는 작가 역시 셜록 홈스를 쓴 코넌 도일이라고 자신 있게 얘기합니다. 그래서 셜록 홈스가 대한제국이나 일제 강점기 조선에 와서 활약하는 내용을 구상한 적이 있습니다. 그러다가 문득 셜록 홈스가 뱀파이어에게 물린다면 무슨 일이 벌어질지 궁금해졌습니다. 그래서 잭 더 리퍼 사건과 엮어서 뱀파이어로 재창조한 그를 대한민국으로 데리고 왔죠. 소설에서 왓슨처럼 셜록 홈스와 함께 맹활약하는 인물 세희와 혜리는 셜로키언인 저의 모습을 투영한 캐릭터이기도 합니다.

셜록 홈스의 등장은 비현실적이지만 이야기의 한 축인 '실종'은 지극히 현실적인 이야기입니다. 우리 주변에는 투명 인간처럼 사회에서 거의 존재감이 없는 사람들이 있습니다. 그들은 가난하고 불결하다는 이유로 기

피당하거나 없는 존재로 여겨지곤 합니다. 노숙인과 가출 청소년들을 볼 때마다 그들의 존재감에 대해서 생각해 봅니다. 우리 사회에서 투명 인간 같은 존재가 완전히 사라지는 건 불가능하더라도 소외된 이들을 바라보려는 노력을 게을리하지 말아야겠다는 생각으로 이 소설을 썼습니다.

작가는 항상 꿈을 꿉니다. 얼토당토않거나 이상한 꿈을 이야기로 풀어내면 편집자들은 그걸 다듬어 주고, 디자이너는 예쁜 이미지를 입히고, 마케터는 어떻게 선보일지 고민하죠. 이번 이야기도 저의 한 조각 꿈에서 시작되어 독자 여러분을 찾아가게 되었습니다. 20년 가까이 반복한 일이지만 늘 설레고, 두렵고, 긴장됩니다. 그래서 불안감을 없애기 위해서 늘 더 열심히 쓰려고 노력합니다. 재미있게 읽어 주시면 저는 더욱 흥미로운 꿈을 꾸도록 하겠습니다.

추리 소설을 읽기 좋은 겨울에
정명섭